氷刃の雫

水壬楓子
FUUKO MINAMI presents

ガッシュ文庫
KAIOHSHA

イラスト／周防佑未

CONTENTS

本作品の内容はすべてフィクションです。
実在の人物・地名・団体・事件などとは一切関係ありません。

空港に降り立って、鳴神一生《なるかみいっせい》は懐《なつ》かしい空気にそっと息を吸いこんだ。

耳に入る雑多な会話が日本語ばかりなのに少しばかり違和感を覚え、と同時に、やはり安心する。

帰国したのは五年ぶりだった。高校を卒業してそのままイギリスへ留学し、それ以来、一度も帰ってきていなかったのだ。

鳴神組という、そこそこの名跡《みょうせき》であるヤクザの家に生まれ、留学するにしてもマフィアの本場であるイタリアや、ギャングたちが跋扈《ばっこ》するアメリカならまだしも、イギリスというのはいささかお上品すぎたかもしれない。だがあえて、というところもあったし、もちろんイギリスでもその手の犯罪組織がないわけではない。

日本を出てからずっと、やるべきことを探していた。

何をしたらいいのか、何をするべきなのか。何がやりたいのか。

この五年で、それが見つかったとは言えなかったが。

代々続くヤクザの家に生まれ、姉はいたものの、やはり唯一の息子だけに跡目と目されてはいた。

だが、とても自分にできるとは思えなかった。その覚悟はなく、自信もない。

だから、逃げ出したのだ。留学、と体裁を繕って。

とはいえ、きっちりと仕送りは受けていたので、結局のところ甘えているだけだと自分でもわかっている。

アルバイトもいくつかはしてみたが、接客業が軽やかにこなせるほど愛想はよくない。もともと無口で、対人関係にいささか難があるのは、特殊な環境に育ったせいだけではないのだろう。

その代わり、長期の休みを利用して旅行はよくしていた。それこそ、イタリアにもアメリカにも、台湾や香港、中国本土にも。南米や中近東あたりにも足を伸ばした。

とりたてて危険な目にあったというほどのことはなかったが、雑踏で懐《ふところ》を狙《ねら》われたり、いかにもな路地裏で取り囲まれたりしたことは何度かある。

ぶらぶらと通りを歩いていて、何かに引きよせられるみたいに、ついそんな路地をのぞいてみたくなるのはやはり血のせいなのだろうか。

いそうだな、と肌で感じるのだ。

そして、たいていその感覚は間違っていなかった。

そのあたりを牛耳っている組織の、下っ端の下っ端というくらいだろうが、囲んでくる連中の年や人数、もの言い、ケンカのやり方や手にしている得物で、だいたいの規模や雰囲気がわかる。

普通の観光客ならば立ち入らないような細い、薄暗い路地を一人で歩く一生は、ふらふらと迷いこんだカモに見えたのだろう。さほど金を持ってそうな格好ではなかったはずだが、高値でさばけるパスポートだけでも十分に狙う理由にはなる。

そうでなくとも細身の体つきで、繊細な顔立ちの一生だ。ちょっと脅せばびびって、身ぐるみ剥《は》がせる、という計算だったのだろう。

だが国や言葉は違えど、一生にとっては生まれた時から馴染《なじ》んだ感覚だった。チンピラの四、五人ばかりに取り囲まれたところで、怯《おび》えるようなカワイイ神経は持ち合わせていない。

平然と、というよりも、淡々と上げられた視線に、相手の方が少し調子が狂うような感じで、言葉がわからないのか、頭が足りないのか、といったリアクションを見せることがほとんどだった。

実際に相手の言葉がわからないことも多かったが、しかしそんな状況で、チンピラの口から出るようなセリフは万国共通だろう。

そして最初はからかい半分に手を出してきた連中は、次の瞬間、宙を舞っていた。

殴《なぐ》られたわけではない。殴りかかった身体が、いつの間にか投げ飛ばされているのだ。いかにも細い腕に。

相手にしてみれば、信じられない状況だっただろう。何をされたのかわからない、というくらいの。

護身術として、小さい頃から一生は合気道を習っていた。ヤクザのケンカはそれぞれに自己流で、最終的には異種格闘戦になる。そのため、空手やらボクシングやらも少しばかりかじっていたが。

だが何よりも熱心に習っていたのは、居合いだった。そして、剣道と。

だからたまたま手元に棒切れか鉄パイプでもあれば、相手にしてもかなりのダメージを受けることになった。

むろんそれも相手次第で、相手がこちらの技量を推し量って、抜く前——鉄パイプなどであれば構える前、というべきか——にさっさと撤退してくれればたいしたケガもなくすむのだが、あいにくさらに頭に血を上らせてかかってくることが多く、結局、容赦なくたたきのめしてしまうことになった。

あえて騒ぎを起こしたいわけではなかったが、まあ、しょせんは行きずりだ。根に持たれ、しつこく追いかけまわされるほど長くその国に滞在するわけではない。

そんな旅先で一生が自分の素性を口にすることはなかったが、しかしうっかり気に入られて、組織のボスの家に二、三カ月ばかり逗留《とうりゅう》したこともある。

古風な言い方をすれば、「わらじを脱いだ」というところだろうか。

居合いというのが、やはりまだ柔道や空手ほど海外では浸透しておらず、ものめずらしかったこともあるのだろう。日本的で、ある種のオリエンタリズムというのか、いかにも

「サムライ」のイメージがあったのかもしれない。日本刀をコレクションしているボスなどもいて、請われるままに演武を披露したこともある。

そんな中で、銃の扱いも覚えた。皮肉なことだった。いくらヤクザの息子とはいえ、日本にいればそうそう手にすることはなかったはずだが。

だが、将来的にもヤクザになる気はなく、このまま海外で、何かできる仕事を探すつもりだった。個人輸入業のような仕事であれば、多少なりとも本家とのつながりは保てるかもしれない。もしくは資格を取ったり、手に職をつけるのもいい。いいマネージャーでもいれば、合気道か居合いの師範のようなこともできるかもしれない。

組長である父親は放任主義というのか、昔からずっと「自分で自分のケツが拭《ふ》けるんなら好きにしろ」というスタンスだったし、息子でなくとも、有能で腹の据《す》わった舎弟は何人もいる。

だいたい今のご時世、ヤクザの家に生まれたからといって、バカ正直に家業を継ぐ人間の方が少ないだろう。やりたいヤツがやればいい。

結局、父も自分に期待しているわけではなく、何も問題はないはずだった。

——だが。

携帯に不意打ちのような連絡があったのは、つい三日前のことだ。

大学はなんとか卒業し、しかし何をするでもなく、ふらふらと欧州をまわっていた旅先に、秀島《ひでしま》から電話があったのだ。

鳴神組の若頭、秀島逸水《いつみ》である。

生え抜きというのか、たたき上げというのか、古くから組に所属し、今では父親の右腕として側にいる男だ。

この五年で、初めてのことだった。

父親に末期の癌《がん》が見つかり、余命ひと月ばかりだと、変わらない淡々とした口調で告げられた。

驚いたし、呆然《ぼうぜん》とした。

殺しても死なないようなオヤジだった。――そう思っていた。

鉛玉を食らっても、腹を刺されても、笑っていそうな気がしていた。

『一度お帰りいただけますか？』

静かに問われ、混乱したまま、あえぐように、ああ…、とだけ、ようやく一生は答えていた。自分でも意識しないままに。

どこにいても身軽なことだけが取り柄で、その場で一番早い便の予約を取り、帰国便は知らせていた。

だから、空港まで迎えが来るだろうことは察してた。

「一生さん」

しかし、ふいに背中からかけられた声に、一生は思わず息を呑《の》んだ。それだけで身体が硬直していた。

ずっと忘れられなかった声だ。

それでも電話で聞いていただけ、まだ余裕があっただろうか。

そっと息を吸いこみ、ゆっくりと振り返る。

男が立っていた。

記憶に残っていたのと同じ、きっちりとしたスーツ姿で。相変わらず感情を表に見せない、落ち着いた眼差しで。

まっすぐに一生を見つめてきた。

「秀島…」

その名前を声にするだけで震える。舌先が痺《しび》れるような気がした。

五年ぶり、だ。

いくつになったのだったか。

確か、三十九。そろそろ四十になろうかという、いいおっさんだ。

老けたという感じはしなかったが、やはり鳴神組若頭という立場にふさわしい貫禄が増したようにも思う。

スーツの似合うがっしりとした体格で、短めの髪に、ストイックな眼差し。

――五年。

結局はこの男を忘れるための年月だった。

それが成功したとは、今の自分の動揺ぶりでは、とても思えなかったが。

ちょっと苦笑にも、自嘲《じちょう》にも似た笑みが口元をかすめる。

それでも、高校生の頃よりは大人になった。

旅先で見知らぬ人間にもまれ、不意打ちのような状況にも冷静に対処できるようになった。少なくとも、表面上は落ち着いて向き合えるようにはなっていたと思う。

ただ、小学生の頃から自分を知っている秀島は、かなり手強い相手だと言えるのだろうが。

「お帰りなさいませ」

深い、落ち着いた声。いつも、一生を安心させてくれた声だ。

十六も年下のガキにきっちりと頭を下げ、丁重に挨拶《あいさつ》した男に、一呼吸おいてから、一生はあえてラフに口にした。

「わざわざおまえが来るほどのことでもないだろうに」

どこか皮肉めいた口調になってしまう。

たかだか放蕩《ほうとう》息子の出迎えに、ただでさえ組長が入院中という緊急事態だ。実質的な組のナンバー2である若頭であれば、時間はいくらあっても足りないはずだった。

「そんなわけには」

しかしそれに、秀島は淡々と答えた。

「うちの跡目ですから」

さらりと言われたその言葉が、胸に痛い。

「オヤジがくたばりかけてる今なら、よけい大事な、か」

それだけが、この男にとっての自分の価値のように思えて。

「一生さん」

無意識に露悪的な言葉になったのに、わずかに非難の色を交えて、秀島が諌《いさ》めるように名前を呼ぶ。

それに、一生は軽く肩をすくめた。

「お荷物を」

短く息をつき、儀礼的に片手を差し出されて、一生は手にしていたボストンバッグを男に渡す。秀島はそれを、さらに後ろでピシリと立っていたやはりスーツ姿の舎弟にリレーした。

一生も顔を知っている、秀島の配下だ。

「お帰りなさいませ、若」

カバンを受けとりながら、やはり丁寧《ていねい》に男が一生に頭を下げる。しかし秀島とは違って、顔にはうれしそうな笑みが浮かんでいる。

「伊勢崎《いせさき》か…。ひさしぶりだな」

身構えていない分、素直に懐かしさがあり、一生もいくぶんやわらかく口にした。

「若もお変わりなく。……いえ、以前より少し、精悍《せいかん》な顔つきになりましたね」

「そうか?」

愛想なのか、わずかに目を細めるようにしてしみじみと言われ、一生は苦笑して受け流した。

「ええ。やっぱり海外で長く一人暮らしをしたせいでしょうかね。しっかりされたのがわかりますよ」

「昔は頼りなかっただろうからな」

「あ、いえ、そういう意味じゃ…」

口元で笑って言った軽口に、伊勢崎があわてたように口ごもり、話を変えるように、こちらです、と先に立って案内した。

そんなたわいもない会話を、秀島は相変わらず無表情なままに聞いているだけだ。必要がなければ、あえて口を開く男でもない。

不思議なことだが、つきあいの長い秀島よりも伊勢崎との方がずっと気安く話すことができた。

いや、不思議でもないのだろうか。確かまだ三十前の伊勢崎は、一生より五つ六つ年上とはいえ、秀島よりずっと年は近い。

わずかに長めの髪を短いしっぽのように後ろでまとめ、いつも丸眼鏡をかけた、愛嬌《あいきょう》のある男だ。一見、のんびりと、ひょうひょうとした雰囲気だが、頭は切れる。

もちろん、秀島の下で煩雑《はんざつ》で膨大な業務の切り盛りをしているのだ。無能な男では務まらない。

なにより伊勢崎は秀島と比べると表情が豊かで、どちらかといえば、他の舎弟たちともよくコミュニケーションをとる方なのだろう。あるいはそれは、直属の兄貴分である秀島の代わりに、なのかもしれないが。

一生自身、あまり喜怒哀楽が表に出るタイプではなかったが——かつて「やんちゃ」をしていた頃は、まだ「怒り」の感情は出ていた、というより、怒りしかなかったわけだが——秀島はさらに、自分の感情を見せない男だった。一生に対してというわけではなく、誰《だれ》に対してもだったが。

それだけ冷静沈着な男だったし、もちろん鳴神組の若頭ともなると、そのくらいの落ち着きは必要なのだろう。

それと比べると、おそらくは誰にとっても、伊勢崎はつきあいやすい男と言えた。何気ないようで、きちんとまわりの空気を読んで、口を開いている。さらに下の子分たちのちょっとした相談に乗ったり、雑談の相手もしてやっていた。

舎弟たちにしてみても、少しばかり秀島には持って行きにくい話でも、伊勢崎には気安く話せるようだ。

実際、寡黙《かもく》で強面な秀島は、若い連中からすると近寄りがたいところはあるのだろう。状況次第で、意識して恫喝《どうかつ》してみせることはあるにせよ、感情的に声を荒らげることはない。まわりに怒鳴り散らすようなこともなく、舎弟たちの信頼は厚かった。カリスマ的な組長の下で、実務的な采配《さいはい》を振るっているのだ。

薄暗い駐車場へ入り、一角に駐められていたシルバーのＢＭＷに近づくと、車にもたれるようにして手持ち無沙汰《ぶさた》に待っていたジャンパー姿の若いのが、ぴょんと跳ね上がるようにして直立不動の体勢をとった。

「おっ…お疲れ様ですっ」

そしてぎくしゃくと身体を折り曲げるように頭を下げて、いくぶん緊張した口調で威勢よく口にする。

二十歳前後だろう、一生が顔を知らない男で、いない間に入ってきた新入りだろうか。

初めて会う「若」に、好奇心いっぱいの上目遣いで一生をちらちらと見ている。

舎弟の顔ぶれもいくらか変わっているようだ。

短かったようでやはり長い、五年の月日を感じる。

その若いのがドアを開いてくれたリアシートに、一生は気怠《けだる》げに身体を沈めた。伊勢崎がカバンを抱えたまま助手席に、そしてリアシートの反対側から秀島が乗りこんでくる。

立場から言えば当然のポジションだが、すぐ隣という距離感に、一生は妙に落ち着かない気持ちになる。

「まっすぐに病院へ行かれますか？」

ゆっくりと車が動き出すと、秀島が前を向いたまま、淡々と尋ねてきた。

「ああ…、そうだな」

そのための帰国だったはずだが、言われてようやく父親のことを思い出し、そんな自分にちょっと冷笑する。

ずいぶんと親不孝なことだ。

父親は、一生にとって昔からどこか遠い存在だった。

幼いながらに察していたのだろう。父は自分だけの父親ではないのだと。組にとっての「オヤジ」なのだということを。

歴史はあるが、さほど大きな組でもなかった鳴神組の名を、父は一躍「業界」に知らしめた。

決して武闘派というわけではなく——もちろん、必要であれば「力」や「脅し」を使うのをためらうことはなかったようだが――時代を読む力があったということだろう。

もう二、三十年ほども前から、古くからの業種も残しつつ、父は当時のヤクザたちがやらなかったような新しい事業に次々と進出し、成功を収めた。

若い頃は、父が自ら乗り出し、興した事業もあったようだ。成功したのは父の求心力や、手腕が大きかったのだろう。

さらに政財界にも人脈を広げ、事業を安定させた。

つまり、経済力がついた、ということだ。

金の力は大きい。

父は、所属している神代会《かみしろかい》の幹部にまで出世した。

神代会というのは、全国に根を張っている巨大暴力団組織の、関東を中心とした支部というべき二次団体である。

いずれはそのトップをとり、さらには一次団体の頂点まで行ける実力は十分にあると言われていた。

そんな矢先に倒れたわけで、おそらくは小躍りした同業者も多いのだろう。

「オヤジは知ってるのか？」

駐車場を出て、待ち構えていたようにフロントガラス越しから差しこんでくる残暑の熱気にわずかに目をすがめながら、一生は尋ねた。

今の自分の状態――つまり余命を、だ。

「はい」

淡々と秀島がうなずく。

そうだろうな、とは思っていた。そうでなくとも、カンのいい男だ。いくら秀島でも嘘《うそ》を突き通せるはずはない。

「検査で病院にでも行ったのか？」

自覚症状があったのだろうか。身体の不調などというものに、あまり頓着《とんちゃく》しなさそうではあるが。

「いきなり倒れられたようで」

「おまえは一緒じゃなかったのか？」

伝聞のような言い方に、わずかに首をかしげて一生は聞き返す。

今の父が自分で出向くような大きな仕事、あるいは集まりなら、秀島も同行していそうなものだ。

「蜂栖賀《はちすが》が一緒でした」

静かな答えに、あぁ…、と思わず小さくつぶやく。そして、ちょっと吐息で笑った。

「オヤジにしてみれば、むしろ腹上死だったら幸せなまま逝《い》けたんだろうにな」

そんな軽口にも似た言葉に、秀島は応えなかった。いろんな意味で、沈黙でしか応えられない言葉だったのだろうが。

蜂栖賀千郷《ちさと》は、六年前、父親が組に連れてきた男だった。いや、拾ってきた、と言うべきだろうか。

今年三十の蜂栖賀は、当時二十四歳で、今の一生と一つしか違わない。

父の「イロ」と言われている男だ。その当時から。

今も、なのだろう。

だが父が目をかけるだけあって有能な男で、今ではたたき上げのもう一人、真砂半次郎《まさごはんじろう》とともに若頭補佐を務めている。

真砂は若い頃から武闘派として名を売っており、昔ながらのシノギが得意で、地域とのつながりが強く、人脈も広い。敵対組織へのにらみも利く。蜂栖賀の方は、逆に昨今の経済情勢に強く、二人とも組の大きな戦力だ。

秀島を始め、優秀な人材はそろっていた。

今、組長が亡くなったとしても、一生が跡を継ぐ必要などない。

息子として親の死に水を取ることはいとわないが、組に関しては、五年も顧みなかった人間ではなく、秀島が跡をとればいい。誰しもが納得できるところだろう。

そうしたら自分は、今度こそ本当に自由になれる。——思い切れる。

そんな気がした。

◇　◇

一生が秀島と初めて会ったのがいくつの時だったのか、はっきりとは記憶にない。

小学生の低学年か幼稚園、もしかしたら生まれた時だったのかもしれない。

よくは知らないが、組関係の金融屋から借金をしていた両親が夜逃げし、一人置いていかれた秀島を父が引き取ったようだ。引き取ったといっても、その当時父はまだ二十歳そこそこだったわけで、本家に連れてきた、ということだろう。もちろん、一生が生まれる前の話である。

秀島は高校を出てから一度は普通に就職もしたようだが、結局、一、二年で父を慕って鳴神組にもどって来たらしい。

ただ、一生が物心つく頃にはすでに本家の外で暮らしていたので、さほど顔を合わす機会はなかった。

だが一生が中学へ上がったタイミングで、父の側近になった秀島が一生の守《も》り役につくことになった。始終べったりくっついているというわけではなかったが、お目付役といったところだろうか。

　ずっと幼い頃――まだヤクザがどういうものかわかっていなかった頃、一生は純粋に父親に憧《あこが》れていた。大勢の舎弟たちを率い、尊敬を集め、慕われる父を、カッコイイと思っていた。

　かなりいそがしく動きまわっていたから、あまりかまってくれることはなかったが、それでも父のことは好きだった。父のようになりたいと、思っていたものだ。

　だが小学校に上がるくらいになると、次第にまわりの自分を見る目が違っているのがわかった。

　ヤクザの息子だと。幼い自分が思っていた「カッコイイ」父は、世間からは疎《うと》まれる存在だと気づいたのだ。

　一生自身、遠巻きにされ、あるいはあからさまにからかわれ、なじられたりもした。ヤクザって平気で人を殺すんだろ、とか、おまえはクスリ、やってないのか？　とか。言っている子供自身、自分の言っている意味がわかっていたとは思えない。おそらく、まわりの大人たちの口真似みたいなもので。

　もっと年齢が上がれば、逆にいじめることを躊躇《ちゅうちょ》するようにもなるのだろうが、その当時はまだそこまで頭がまわらず、それこそ一生が戦隊モノの悪役か何かのように、攻撃するには格好のネタだったのだろう。

そしてこらえきれず一生が手を出すと、やっぱりな、と罵《ののし》られ、よく母があやまりに来ていた。

父がヤクザの組長だから。そのせいだ、と。

理不尽な思いが心の中に淀《よど》むようになっていた。

そして十歳の時、母を亡くしたことは、さらにそんな思いに拍車をかけた。交通事故だったが、父は系列の組長の襲名披露への出席を優先し、結局、死に目に会うことはなかったのだ。

どうにもならない怒りとやりきれない思いで、小学校の五、六年あたりから一生はかなり荒れていた。

どうせ自分もヤクザになるんだし、警察に捕まろうが、誰を傷つけようが、どうでもいい——と、なかばそんな投げやりな思いで。

ヤクザをやるのも相応の覚悟が必要なのだと、その当時は考えもしなかった。

一人前の顔で自分より年上の仲間とつるんで、遊び半分に自販機を燃やして小銭を手に入れたり、パチンコから勝って出てきたオヤジをカツアゲしたり。盗んだバイクや車で深夜に——もちろん無免許でドライブしたり。生意気だとヤンキーたちに目をつけられ、乱闘騒ぎになったこともある。骨折や打撲、捻挫《ねんざ》などはしょっちゅうだった。

それこそ、他の組のヤクザの下っ端にケンカを売ったこともある。

ただ暴れるために、暴れていた。父への反発だけで、憂さを晴らすために。

だから秀島が守り役についていたのは、そんな一生をどうにか抑えておくためだったのだろう。

初めはうっとうしいと思っていた一生だったが、秀島は特に説教めいたことは口にしなかった。

守り役といっても、ボディガードのようなことではなく、要するに何かあった時、最初の連絡先になる、というくらいのようだった。あとは必要な場合の送り迎えといったところだろうか。

そんなスタンスは、本当に理不尽にも、父にいらだったものだ。息子のことが心配じゃないのか、と。それこそ、子供がダダをこねるみたいなものだったが。

「おまえもこんなガキのお守りを押しつけられて、面倒なことだろうな」

いつだったか路上でチンピラとケンカ騒ぎを起こし、警察まで引き取りに来てくれた秀島に、そんな言葉を吐いたこともある。

「かまいませんよ。それが役目ですから」

やはり怒るようなこともなく、秀島は淡々と答えていた。

それでも一度だけ、秀島に殴られたことがある。

夜の街で、仲間とつるんで酔っぱらったサラリーマンをつるし上げているところだった。

確か仲間の一人と肩が当たったとかなんとか、そんなことで。

実際、理由などどうでもよかったのだろう。

仲間たちは飲む金が欲しかったようだが、一生にしてみればただむしゃくしゃする気持ちをどこかにぶつけることだけが目的だった。

おそらくその頃の仲間たちは、バックについている鳴神組の名前が欲しかっただけなのだろう。

一生自身は、さほど金を使うことはなかった。小遣いは、おそらく普通の中学生に毛が生えた程度しかもらっていなかったが、豪遊して騒いだところでさして楽しくもなかったから。

酔った勢いなのか、無謀に向かってきた男を殴り飛ばし、腹に蹴りを入れると、男は壁に沿ってずるずると崩れ落ちた。

「慰謝料なー」

と、仲間の一人がへらへらと笑いながら言って、男の懐から財布をとろうとしたのに、男がしつこく抵抗してつかみかかる。

「ふざけるな…ッ、クズがっ」

「クソ…っ、うぜぇんだよっ！　――てっ…、っ…あぁぁ――っ！」

その身体を殴り飛ばそうとした仲間が、ふいに甲高い悲鳴を放った。

ハッと一生が顔を上げると、スーツ姿の体格のいい男が無造作に仲間の腕を後ろ手にひねり上げていた。

繁華街の華やかな明かりも届かない薄暗い路地だったが、見覚えのある影だ。

「秀島…?」

一生は思わず目を見張った。

ちらっとこちらを横目にしてから、秀島はつかんでいた腕を前へ突き飛ばすようにして離した。

「な…っ、なんだよ、てめぇっ!」

男はそのままの勢いで顔から壁に激突する。それでもなんとか振り返ると同時に、頭に血を上らせてわめいた。

「おまえ…、何でこんなところにいる?」

わずかに息を吸いこみ、一生は少しばかりあせった思いを押し隠すように尋ねた。

別に今日は呼んだわけでもない。

「ここはうちのシマですからね」

さらりと答えられて、ふん、と鼻を鳴らした。

そういえばそうだったか、という気はしたが、正直、自分の家の縄張りなどほとんど覚えてもいない。あちこちの勢力が複雑に入り組んだこんな場所なら、なおさらだった。

「消えろよ。今、おまえのツラを見たい気分じゃない」

「ほら…、お坊ちゃんの命令だぞ？　さっさと消えろって、兄さん」

吐き捨てるように言った一生の言葉尻《じり》に乗るように、別の仲間がニヤニヤと秀島の肩に馴れ馴れしく腕をかけた。

それを一瞥《いちべつ》し、「うせろ」とだけ、短く秀島が言った。

さすがに本物の迫力は違う。

息を呑み、ビクッと身体を硬直させて、とたんにおどおどと顔を見合わせた仲間たちは、口の中で言い訳のようなものをつぶやいて小走りに消えていった。

「ほら、おっさん、大丈夫か？」

秀島の子分らしい若いのが通りすがりみたいな調子で倒れていた男を立たせ、路地から連れ出すのが視界の隅にかかる。路地の入り口あたりにも、邪魔が入らないように何人か立っているのだろうか。

二人だけで残されて、落ち着かなく視線を漂わせた一生に、秀島がいかにもなため息をついた。

「勝手な真似をされても困るんですよ」

「別にシノギの邪魔をしてるわけじゃないだろ？　それともあんなおっさんからカツアゲしなきゃいけないほど、うちはシノギに困ってんのか？」

精いっぱい虚勢を張り、薄笑いでうそぶいた一生にゆっくりと近づくと、いきなり秀島が一生の頬《ほお》を張り飛ばしたのだ。

身体は後ろの壁にたたきつけられ、一瞬、息がつまった。遅れて顔に焼けるような熱が襲ってくる。

「な…」

一生は呆然と、男を見上げていた。

ずっと昔、父親に叱《しか》られて、殴られたことはあった。だが最近では「殴って言うことをきかす年でもねぇだろ」と言うくらいだった。

むしろそのことに、俺のことはどうでもいいんだな、という拗《す》ねた思いを抱いてもいた。

だがまさか、秀島に手を上げられるとは思ってもいなかった。

「自分より弱い人間を痛めつけて楽しいですか？」

まっすぐに見下ろされ、淡々と言われた言葉に、カッ…と頬に血が上ったのは殴られたせいなのか、あるいは自分でも、それがわかっていたからなのか。

正直、見られたい場面ではなかった。

それでも、一生は必死に強がった。

「ヤクザっていうのはそういうもんだろ？」

「ヤクザがどうだか知りませんが、オヤジさんもうちの舎弟たちも、そんなやり方をしたことはありませんね。オヤジさんが許しませんよ」

「オヤジの顔に泥を塗るなって？」

しょせん、ヤクザのくせに。

そんな思いでせせら笑う。

「オヤジさんはあなたが何をしたとしても、きっちりとすべての責任をとるおつもりだと思いますよ」

「自分のケツは自分で拭けと言ってるぜ？」

「自分のケツを自分で拭けるようになるまで面倒を見るのが親なんですよ。今のあなたはまだそれができてないでしょう？　若いうちは身体で覚えろというのがオヤジさんの意向でしょうから、あなたのケンカにいちいち口は出しませんが」

ぴしゃりと言われ、一生はうめくように言い返す。

「それにしちゃ、邪魔してるじゃねぇか…」

「今のはケンカじゃないですね。それに、俺の役目はケンカを止めることじゃありません。そのあとの処理をすることです」

そんな言葉に、ふん、と鼻を鳴らした。

「俺が死んだら、死体を引きずって帰るってか？」

「そういうことです」

顔色も変えずに言われて、思わず息をつめた。

「処理か…」

そして吐き出すようにつぶやく。

「ま、結局、俺にはその程度の価値しかないってことだよな」

「だからといって、オヤジさんも俺も、悲しまないわけじゃありませんよ」

さらりと言われた言葉に、ハッとする。

思わず秀島の顔を見つめてしまい、そんな自分に少しばかりあせった。

「ま、他の…、舎弟の面倒を見るのと同じってわけだろ」

思わず視線を外して、そんな言葉がすべり出す。

オヤジにとっては実の息子も、盃《さかずき》をかわした子も同じ、というわけだ。

「ええ。それはそうかもしれません」

静かに言った秀島の口元が小さく笑った気がして、ふいにムカッとした。

そんなことに拗ねているのか、と言われたみたいで。

「けれど行動は同じでも、気持ちは別だと思いますよ」

そんなフォローするような言葉に、一生は肩をすくめてみせた。

「まァ、せいぜいおまえの手間をとらせないようにするさ」

投げやりに言って秀島に背を向け、歩き出した一生に、背中から変わらぬ穏やかな声が届く。

「俺の手間になるのはかまいませんよ。それが役目ですから」

一生はふっと、肩越しに振り返った。

まっすぐに自分を見つめる眼差しにどこか落ち着かなく、しかし同時に、なぜか腹立たしくもなる。

どうせ、オヤジの命令で仕方なく面倒を見ているだけのくせに。

「へぇ…？　じゃあ、遠慮なくそうさせてもらうぜ」

鼻で笑って吐き出した言葉通り、一時期、一生は試すみたいに秀島に手間をかけさせていた。

秀島が連絡係なのをいいことに、どこどこでケガをしたから迎えに来いとか、バイクがガス欠になったから迎えに来いとか。

結局は誰かにかまってもらいたかったのだろう。大人になって考えると、ひどく子供っぽくて恥ずかしかったけれど。

どんな状況でも、真夜中でも明け方でも、必ず秀島は来てくれた。

その安心感を味わうために、適当な店で無銭飲食し、金を持ってこさせたりもした。オヤジと一緒に九州とか東北とか、離れた地方に出張していることがわかっていて、あえて呼びつけたこともある。本当につまらない用事で。

『すぐには行けませんので、代わりを行かせます』

さすがにその時は、そんなふうに電話口で答えられたが、一生は、

「おまえが来い。おまえの役目なんだろ？」

と、譲らなかった。それだけ言い捨てて、携帯の電源を切ってやった。

もちろん、その日のうちに帰ってこられる距離ではないとわかっていた。

だが意地になって丸一晩、ホームレス同様に公園で転がっていたら、明け方になって秀島が迎えに来た。

電話を切ってから、ほぼ直行だったのだろう。

「つまらないカツアゲをしなかったのはよかったですよ」

そしてちょっとため息をついて、それだけを言った。

そういうつもりはないのだろうが、褒《ほ》めてもらったようで、妙にうれしかった。

そして、その時初めて、一生を自分のマンションへ連れて行ってくれた。

明け方から本家を騒がすのも悪いと思ったのか、自分のマンションの方が近かったのか。

夏場とはいえその時間はまだ肌寒く、思わずくしゃみをした一生を気遣ったのかもしれない。

しかし秀島の家には何もなく、ようやく見つけたカップラーメンを二人で食べたことを覚えている。

それから、一生はことあるごとに秀島のマンションに入り浸るようになっていた。

初めは、何か問題を起こして、引き取りに来てもらった帰りによらせてもらうくらいだったが、そのうちに特に用がなく、何か問題を起こしたわけでなくても押しかけた。ドアの前で何時間もすわって待っていることもあって、あきれたのか、あきらめたのか、部屋の合い鍵をもらった。

秀島にとって「特別」にしてもらったようで、ひどくうれしかった。

それからは好きな時に来て、中で勝手に過ごすようになっていた。ごねるようにして泊まっていくこともしょっちゅうだった。

決して本家に居づらかったということでもなかったが、……いや、やはり少し居心地の悪さを感じていたのだろうか。

本家で暮らす舎弟は多く、そうでなくとも始終、大勢が出入りしている。そんな大人数がざわつく気配には慣れていたが、しかしみんな見ている方向は一つだった。

オヤジだ。

家にいる時といない時で、まるで空気が違う。

舎弟の誰もが、オヤジがいるとほどよく背筋が伸び、活気づく。恐れられていると同時に、敬愛されているのがわかる。

大胆さと、慎重さ。判断力と決断力があり、仕事でも駆け引きでも、決め所を知っている、天性のカンの良さ。

それは人心をつかむのでも同じだった。人の使い方を知っている。

そして何より、息子の目から見ても器量の大きな男だった。末端の子分のために、常に身体を張る覚悟があった。

自分の命も、金も、組の存続も、平然と秤《はかり》に乗せることのできる潔さ。

何をしでかすのだろう、と。次はどんな大きなことをしてくれるのだろう、という期待を、側にいる人間に抱かせる。

そんな、人間としての魅力だ。

だからこそ、誰もがオヤジについていきたいと思うのだろう。

秀島も、だ。

そんな男のもとで、「跡目」と呼ばれることが苦しかった。

自分にそんな力はない。とても、オヤジのようにはなれない。

父親に並ぶだけの能力は、何一つ、持っていないのに。

「オヤジさんとあなたは違いますよ」

そんな一生に、秀島はよく言っていた。

「誰にとっても、オヤジさんの跡をとるのは容易じゃない。けれど、一生さんにしかない強さもありますからね」

「どんなところだよ？」

「それはこれから身につけてください」

いつものスカした顔で言われ、思わず仏頂面になったものだが、それでもそんな言葉が心強く、うれしかった。

結局、ワガママが言える相手が欲しかったのかもしれない。

誰かを傷つけることなく身を守れるように、という配慮だったのだろう。

母の勧めで、一生は小学校に入る前後から合気道を習っていた。それもしばらく……もう何年もずっと足を向けていなかったのだが、師範に詫《わ》びを入れてまた続けさせてもらうことにした。

そして中学の二年あたりから、秀島に誘われ、居合いの道場にも通うようになった。

どちらも精神修養にはいい武道だ。まわりから耳に入ってくる雑音も、罵詈雑言《ばりぞうごん》の類も素通りさせられるようになり、次第に落ち着きをとりもどした一生は、普通に学校に通うようにもなっていた。

ただ、「自分も最初、オヤジさんから教わったんですよ」と秀島に言われて、なぜか少し、悔しいような思いが胸を突き上げていたが。

初めは単純に、懐いていただけだったのだろう。

懐に入れてもらえる心地よさにまどろみ、すべて受け入れてくれる大きさに安心して。

それがいつから――そういう思いに変わったのか、自分でもわからない。

中学を卒業し、高校へ上がるくらいになると、そろそろ馴染んだ秀島の直属の舎弟たちとの雑談でも、下ネタが普通にかわされるようになる。

その中で戯《ざ》れ言《ごと》のように出る女の話に違和感を覚え、秀島のイロと言われる馴染みの女の話にいらだって。

あの腕がどんなふうに女を抱いているんだろう…、と。どんなふうにキスをして、どんな言葉をベッドでささやいているのだろう…？

そんな想像が頭を離れなくなる。

そして、高二の始めくらいだっただろうか。

ある日秀島のマンションによった一生は、ソファで秀島がうたた寝なのか、仮眠なのか、眠りこんでいるところに出くわした。

いつになく無防備だな、と、ちょっとあきれたが、初めての状況にとまどい、それでもふっと息をつめるようにして、その寝顔を見つめてしまう。

この頃、秀島は若頭になったばかりで、組としても対立組織に攻勢をかけているところだった。毎日、マンションに通っても顔を見られない日が続いており、秀島もずいぶんいそがしかったのだろう。

人前では見せない疲れが出ていたのかもしれない。

しばらくぼんやりと見つめているうちに、本当に魔が差した、というのだろうか。
何か胸が苦しいような思いで、一生はその唇に、そっと自分の唇を重ねていた。
触れた瞬間、息が止まるかと思った。
知らず、涙がこぼれていた。
届くはずのない思いだと、自分でもわかっていたから。
——と。
「一生さん…？」
ふっと、秀島が目を開いた。
とまどったように瞬《まばた》きをし、そしてハッと、驚いたように一生を見つめ返してきた。
無意識にその手が、自分の唇に触れる。
さっき、一生が触れた唇に。
「あ……」
——気づかれた。
それを察した瞬間、カッ…と頭に血が上った。
どうしたらいいのかわからなかった。だがもう、ごまかせないことはわかっていた。
自分にも、秀島にも、だ。
「悪い…。でも……俺」

視線をまともに合わせることができず、しかし何かが喉元《のどもと》までいっぱいにこみ上げてきて、どうしようもなかった。

「バカだよな…」

自分でも笑ってしまう。もちろん、思いが届くことなど考えていなかった。

「でも俺…、おまえが…、好きだ」

かすれた声で、ようやく押し出すように一生は口にした。

……いや、それでもかすかに期待していたのだろうか。

嘘でも、この男が受け入れてくれることを。

組の跡目としてでも、大切に思ってくれているのなら。

それでもいいとさえ、思ってしまった。

「一生さん…」

呆然と、とまどったような眼差しが一生を見つめ、そしてふっと目が逸《そ》らされたかと思うと、困ったように指が自分の前髪のあたりをつかむ。

そして、低い声がつぶやくように言った。

「すみません。自分には…、無理です」

瞬間、心臓が止まったかと思った。

わかっていた、ことなのに。

「そうだよな…」

震える声で答えるのが精いっぱいだった。

指先を無意識に握りしめ、必死に笑おうとした。

冗談だろ、とすべてをなかったことにもできたはずだが、それさえも口から出なかった。

「一生さん…」

本当に困ったような、心配げな眼差しが一生を見つめ、とまどうように腕が伸びてくる。

一生は反射的にそれを避け、ようやく強ばった笑みを浮かべた。

「大丈夫だって。あたりまえだろ」

期待していたわけではない。

——それでも。

「……帰るわ」

うつむいたままそれだけをつぶやき、一生はたまらず部屋を飛び出していた。

心臓の鼓動が、耳の中で打っているようだった。全身が熱く、本家に帰るとしばらく風呂場に閉じこもって水を浴びた。

どうしよう、と思う。いったいどんな顔で、この先秀島と会えばいいのかもわからなかった。

冗談だと受け流せば、きっと秀島の方も安心することはわかっていたけれど、自分にそれができる自信がなかった。

しかしそのあと、秀島の態度は何も変わらなかった。

まるで何もなかったように。

いや、少しばかり一生とは距離をとるようになっただろうか。

何が、というわけではなかったが、ほんのちょっとした言葉遣いとか、話す距離とか。向けられる視線とか。

そしていつの間にか、守り役は別の男に変わっていた。

秀島自身いそがしくもなっていたし、一生も落ち着いたので、もう大丈夫でしょう、とさりげない流れだったようだが。

もちろん秀島としては、受け入れられない以上、他にどうしようもなかったのだろう。

それ以来、一生は秀島の部屋に行くことはなくなった。

それでもほとんど毎日本家を訪れる秀島とは、否応なく、顔を合わせることになる。

忘れよう、と思った。だが、すぐに思い切れるものではなかった。

家の中で声を聞くだけで、足音が近づくだけで、ドキドキした。

だが結局、秀島はオヤジの命令で一生の面倒を見ていたに過ぎない。

十六も下の子供に思われても、面倒なだけだろう。仮にも「跡目」である一生を、邪険にもできないのだろうし。

だから、一生の方から逃げたのだ――。

◇

◇

五年間、ほとんどと言っていいほど、本家とは連絡をとっていなかった一生だ。

当たり障りのない、組の現状やら、業界の現状やらを聞き、車窓から見える街並みの変化を眺めているうちに、病院へ到着した。

馴染みである私立病院の裏口前に停車し、運転手をのぞいた三人が降りる。

昼間の、まだ面会時間内のはずだが、特別病棟であるこのあたりに人気はなかった。

金のかかる特別室であるとともに、隔離部屋でもある。

末期の組長なのだ。組の舎弟たちだけでなく、強面の見舞い客の出入りも頻繁《ひんぱん》にある。

もちろん組長の病状を大々的に公表しているはずもなく、深刻な状態だということは鳴神組の幹部の中でとどめているようだが、やはりどこからか漏《も》れるものでもある。深刻なだけに、本当に親しい間柄である各方面には、それなりの伝達も必要だ。

そう、亡くなったあとのことについての根回しなどもあるのだろう。

セキュリティもしっかりしているようで、秀島が手持ちのカードでフロアへの扉を開いて入った。

中へ足を踏み入れると、中庭に面した大きな窓からは廊下に陽射しがいっぱいに差しこみ、天井からは優しいBGMが流れ、木目調の壁などにも病院といった雰囲気はない。

ただやはり、独特の匂いに少しばかり緊張してしまう。

案内された五階の病室の扉の前で、一生は一瞬、躊躇してしまった。

伊勢崎が開けようとしたのを、秀島が無言のまま軽く止める。

余命ひと月ばかりの父親に、五年ぶりに会うのだ。

心の準備を待ち、一生のタイミングを待ってくれる。

昔からそうだった。何も言わなくても一生の心の中を察し、何も言わないままにそれに沿って動く。

とはいえ、一生にだけではないはずだ。ちょっとした心遣いを、さらりと何気なくすることができる男だった。

もっとも、そのくらいまわりへ目を配る注意力と洞察力がなければ、組をまとめる若頭は務まらない。

そっと息をつき、ガラリ…と自分で目の前の引き戸を開いた。

明るく、広い室内だった。三十畳くらいもあるだろうか。手前にミニキッチンがあり、中心あたりにはちょっとしたテーブルとソファ。一角には和室が設けられていて、付き添いが泊まれるようになっている。

そして窓に近い奥の一角に、大きめのベッドが置かれていた。

その脇でイスに腰を下ろしていた男が、人の気配にハッとしたように振り返り、あわてて立ち上がる。

布団から出ていた父親の手が小さく布団の上に落ちたのが垣間見えた。

手を、握っていたのだろうか。

蜂栖賀だった。

「若…」

小さくつぶやく。

ほとんど同時に、ゆっくりと、ベッドに寝ていた男がこちらを向く。

少しばかりリクライニングを起こしていたので、まっすぐに目が合った。

「なんだ、帰ってきたのか?」

父が相変わらずひょうひょうと言って、ゆったりと笑った。

一瞬、一生は声が出なかった。

覚えていたよりもずっと痩《や》せた気がした。もっとも最後に会ったのが五年前だから、それが病気のせいなのかどうかはわからない。

「では俺は……これで」

いくぶんあわてたように蜂栖賀が父に頭を下げる。

ポンポンとその頭を、父の手がたたくようにして撫《な》でた。

大丈夫だ、と、言うみたいな、優しい横顔。

どこか懐かしく、胸が痛いような気がした。

何かをこらえるように小さく唇を噛《か》み、蜂栖賀はしばらく頭を上げなかった。それでもようやく足を動かし、一生の前でいったん立ち止まる。

「お帰りなさいませ」

丁重に言って、もう一度きっちりと頭を下げた。

いくぶん固い声、固い表情だ。

やはり一生に対して遠慮、というか、気まずい思いがあるのだろう。

なにしろ、父の「女」だ。

ああ、と一生も静かにうなずく。

失礼します、と蜂栖賀がそのまま病室を出る。

秀島と伊勢崎は初めから中へ入っていなかったようで、蜂栖賀が出るのを待って扉が閉められた。

親子水入らずで、という配慮なのだろう。

ただ正直、五年ぶりに二人きりにされても、少しばかりとまどってしまう。その五年前にしても、さほど会話が弾んでいた親子ではない。

とりあえずベッドに近づいた一生を、どこか刻みつけるようにじっと見てから、父が顎《あご》を振った。

「ま、すわれよ」

うながされ、さっきまで蜂栖賀がすわっていたイスに腰を下ろす。

「どこが悪いんだって？」

とりあえず、そんなことを尋ねた。

いくぶん自分の声が乾いているのを感じる。

「膵臓《すいぞう》だとよ。おまえも気をつけろ。遺伝もあるみたいだし、これからはヤクザも人間ドックくらい行かなきゃなあ」

この時期にあっても、父はふだんと変わらず――知っている父と同じく、ゆったりと余裕のある様子だった。

あとひと月くらいで、この人がこの世からいなくなるのだ、と。

まるで信じられなかった。

昔から反発はしていた。しかし、決して嫌っていたわけではなかった。

ただ偉大な背中ばかりを見ているのが悔しくて。どうあがいても追いつけないのを、見せつけられるのがつらくて。

――尊敬、していた。

「悪いな。しばらくおまえにもいそがしくさせるだろうが」

「順番に来ることだろ」

たいした問題でもないような口調に、一生も静かに返す。

「そりゃそうだ」

かすれた声で、父が笑う。

「まァ、順番通りだっただけ、親孝行だったさ」

ふっと、胸がつまった。

そんなふうに言ってもらえるようなことは、息子としては何もできなかった。何も、しなかったのだ。

「組はおまえの好きにすりゃいい。他にやりたいことがありゃ、別にあとを継ぐ必要はねぇよ」

父のそんな言葉に、わかった、と一生は答えた。

だが正直、自分でもわかってはいなかった。

自分が何をしたいのか、どうするべきなのか。

この日は一時間ほどいて、一生は腰を上げた。

伊勢崎は荷物を持って先に帰ったようだが、秀島が廊下で待っていて、一生と入れ替わりに病室に入った。

すぐにもどりますので、という言葉通り、今日は挨拶だけだったのか、十分ほどで出てくる。

「おまえがわざわざ待ってることはないだろうに。今の状況じゃ、ただでさえいそがしい身体だろうが」

交代で来ていた付き添いを二人残し、待たせていた車へ向かいながら、一生は強いて何気ないように口を開いた。

実際のところ、運転手さえいれば問題はないのだ。いや、車がなくてもタクシーを拾えばすむことでもある。

もうかつてのガキでもないのだから。いちいち送り迎えをしてもらう必要はない。

「そんなわけには。それに、一生さんとお話ししておかなければ進まないこともありますから」

それに相変わらず、淡々と秀島が返してくる。

一生は小さなため息をついた。

だがさすがの一生も、その「しておかなければならない話」というのはわかる。

跡目の問題だ。

避けては通れない話だった。

まだオヤジが死んでいない段階で不謹慎と言えるのかもしれないが、死んでからバタバタするところを他の組の人間の前では見せられない。

死ねばすぐに葬式があり、系列や友好団体から多くの組長が集まるのだ。

故人との別れを告げに、というより、次の組長のツラを拝みに、だ。

それまでに、少なくとも鳴神組の中では一本化しておかなければならない。

とはいえ、立ち話ですむ内容ではなく、二人はいったん本家へと帰ってきた。

待ち構えていたらしく、門の前からずらりと本家付きの舎弟が総出の勢いで玄関先まで立ち並び、「お帰りなさいませっ！」と、野太い声をそろえる。

母屋の前で車を降りると、見覚えのある顔が戸口で出迎えてくれた。

「お帰りなさいませ、若」

静かに頭を下げたスーツ姿の男に、ああ、とだけ、一生もうなずく。

樋口《ひぐち》という男だ。五年前はまだ舎弟の一人というくらいだったが、どうやら舎弟頭に出世したらしい。本家の中のことを仕切っていると聞いた。

組長の葬式ともなると、この男にもかなりの負担がかかる。

「遠路、お疲れ様でした」

「いろいろ面倒をかけるな」

そう返した一生に、いえ、とだけ樋口が小さく答えて目を伏せた。

五年ぶりの家は、何も変わっていなかった。歴史のある家だけに、生まれた時からほとんど変わっていない。

「やっと帰ってきたわね、ドラ息子」

中へ入ると、そんな辛辣《しんらつ》な言葉で姉に迎えられる。

今年三十二になる姉の恵《めぐみ》は、いくぶんきつめだがすっきりと整った顔立ちの美人だ。一生ともよく似ているが、もっとキリッと引き締まった感じがある。

一度結婚して家を出ていたのだが、ほんの二年ほどで出もどって来ていた。

鉄火肌な女で、一生がやんちゃをしていた頃は、父よりもむしろ姉によくしばかれていたものだが、ちょうどそのあたりが短い結婚生活にかぶっていたので、幸か不幸か、あまり顔を合わせることはなかった。結婚して少しこなれたというのか、今では落ち着いた色気をにじませるようになっている。

自分でも芸能事務所を経営しながら――もっとも例によって、社長には別の人間を置いていたが――樋口とともに内々のことを仕切ったり、他の極道の妻たちの相談に乗ったりしているようだ。

母が亡くなって以降、本家の姐《あね》代わりであり、ヤクザの家に生まれ育っただけあって、まさしくその風格がある女で、まったく恵が男ならな、と一生でも考えるくらいだった。

組の連中とも馴染みがあり、信頼も厚く、舎弟たちがうすうすそう思っていたとしても、まったく不思議ではない。

「もっと早くわかってればどうにかなったんでしょうけど、あちこち飛びまわっていた人だから」

恵にとっても父の病は突然だったはずだが、そんなふうに言って嘆息した。

取り乱した様子はなく、さすがに腹が据わっている。

とりあえず風呂に入ってきなさい、と年の離れた姉に尻をたたかれ、ひさしぶりに夕食をともにし、本家付きの舎弟たちの挨拶を一通り受けてから自分の部屋に落ち着いたのは、夜の九時をまわったくらいだった。

欄間《らんま》の美しい十畳ほどの和室だったが、床はフローリングに張り替えられており、その上にラグが敷かれている。一角には低い簀《す》の子のベッドが置かれ、奥には床の間を潰したクローゼット。木目の机が一つと、本棚が一つ。小さなテレビに、小ぶりなソファと格子模様のローテーブル。スタンドライトが一つ。飾り気のないすっきりとした部屋だ。

五年前と何一つ変わっていない。

もっとも一生にしてみれば、この自分の部屋よりも秀島のマンションの方が懐かしく記憶に残っている。そちらも、ものが少ないシンプルな室内だった。

本家への泊まりや出張や何かといそがしい身で、当時からマンションにはほとんど寝に帰るだけ、という感じだった。おそらくは、今も。

……それとも、留守を守る女がいるのだろうか？

ふっと、その可能性を思いつく。

五年だ。いておかしくはない。

「お疲れのところ、申し訳ありません」

秀島が一生の部屋を訪れたのは、十時前後だろうか。

ついでか、余人を交えずに、という配慮か、若頭自らコーヒーを運んできてくれた。

見覚えのある専用のマグカップに、三分の一くらい牛乳が入ったカフェオレだ。

……かつての、一生の好みだった。よく秀島の部屋で入れてもらっていた。

「あ、ビールか何かの方がよかったですか？」

思い出したように、秀島が尋ねてくる。

そう、五年前と違って、もう未成年ではないのだから。

とはいえ、酒もタバコも中学の頃にはすでに粋がってやっていたものだが。

「いや」

今ではもう少し濃いめのコーヒーに慣れていたのだが、一生は特に文句は言わなかった。

口をつけると、懐かしい甘さが身体の中に沁《し》みこんでくる。

もちろんコーヒーを運ぶことが目的ではなく、用件はわかっていた。

「恵は何て言ってるんだ？」

部屋着代わりの浴衣《ゆかた》でベッドに腰を下ろしていた一生は、ソファにいくぶん窮屈そうに大きな身体を沈めた男に尋ねた。

「一生さんに聞け、と」

その答えに、一生は思わず顔をしかめる。

「好き勝手に五年も組を離れていた人間の言葉に、組の連中が従うとは思えないがな」

「一生さんはきちんと、組で育った人ですよ。オヤジさんの血を受け継いでいる。それに鳴神は代々、直系で継いできた代紋ですからね。歴史の力は案外、侮れないものがあります。他の組も一目置く」

「くだらない」

しっかりとした言葉だったが、一生は一言で切って捨てた。

「そんなもの、いつかは途絶えるさ。今がその時というだけだろ。力のある人間がやればいい」

「一生さんは、組を継ぐのはお嫌ですか？」

「俺にそんな力はない」

静かに聞かれ、一生はあっさりと答えた。

「おまえがやれよ。一番、組の実情はよくわかってるだろう？」

誰の目にも、それが順当だと思う。

「実務をとる人間が組長をやる必要はないんですよ。実務のとれる人間が組にいればいいだけだ。組長として必要なのは、もっと別の資質ですから」

「俺にそれがあると？」

含めるような言葉に、一生は思わず失笑して聞き返した。

「ええ」

しかし変わらぬ口調で、まっすぐに一生を見て秀島が答える。

一生は大きなため息をついた。

「買いかぶりだな。オヤジの息子だからといって、生まれつき備わっているものでも、一朝一夕に身につくものでもないだろう」

「やってみなければわからないことでしょう。それに一朝一夕で身につける必要はありません。信用と一緒に時間をかければいいことです」

そんな言葉に、一生はわずかに眉《まゆ》をよせる。何気ない様子で足を組んだ。

「おまえは俺にやらせたいのか？」

「はい」

端的に返され、ふん、と小さく一生は鼻を鳴らす。

「それで、ずっと側でおまえが俺を支えてくれるというわけか？」

「そのつもりです」

その揺るぎのない静かな声が胸を刺す。

本心なのだろう。父に忠誠を誓ったように、自分にも、と。

自分を守り、組を守ってくれる。

だが、それは一生が望む形ではない。

……冷静に考えれば、この男にそれがわからないはずもないのに。

あの時のことを覚えているのなら。

あるいは、だからこそ、なのだろうか?

一生はそっと息を吸いこんだ。

「俺が組を継いだら、おまえは俺の子になるわけだ。否応なく、俺の命令を聞くことになるが?」

「ええ、もちろんです」

静かに答えた男に、一生は小さく笑ってみせた。

「だったら、俺が何を命令してもおまえは逆らわないということか? たとえば、……おまえのカラダとか?」

冗談、というよりも、ほとんど脅しだったのかもしれない。

その言葉に、秀島がわずかに目を見開いた。

忘れていた、ということだろうか。あるいは、思春期特有の勘違いで、一生にしてもすでに忘れているだろう、というくらいの感覚だったのか。

それとも……知らないふりを続けるつもりだったのか。

一生が何も言わなければ。

「せっかく忘れかけてるのに、またぶり返したらおまえが困るだろうが」

そんな様子に、一生はあえて軽い調子で言った。

本当に忘れられていればよかった、と思う。

忘れたつもりでも――いたのだ。

電話で声を聞くまでは。空港で顔を見るまでは。

体中で、何かに引っ張られるみたいに、この男に思いが向かうのがわかった。

叫び出したいような思いで。

「できもしないくせに、つまらないことを言うなっ」

言わされた腹立たしさと悔しさで、ピシャリときつく、一生は言い放った。

絶望にも似た息苦しさが身体を包む。

無理です、と言われたあの時の男の声が――表情がよみがえり、また逃げ出してしまいたくなる。

しばらく、重い沈黙が部屋を支配した。

やがて、何か思いきるように秀島が顔を上げた。

「せめて…、オヤジさんの三回忌が終わるまで、一生さんにやっていただくわけにはいきませんか？」

「三回忌？」

一生はわずかに首をかしげる。

「ええ。今回は突然のことになりますから、誰が跡をとるにしても根回しができていないんですよ。系列の方からも横やりが入るのは目に見えています。一気にシマを失うことにもなりかねません。ですから、オヤジさんが亡くなっても、鳴神としては一枚岩であることを他の組に示す必要があります」

言いたいことはわかる。だが。

「俺にはまとめられないだろう」

一生は肩をすくめるようにして返した。

「一生さんだからこそ、まとまるんですよ。俺が跡をとると、オヤジさんの急死をいいことに鳴神をかすめ取ったように受けとられます。新興の組ならそれでもかまわないでしょうが、鳴神は何代も続く名門ですからね。それなら、恵さんの婿《むこ》に系列の組の息子をあてがって鳴神を継がせればいい、という話にもなりかねない」

「俺みたいな若造があとを継いだところで、横やりが入るのは同じじゃないのか？　後見人の名乗りを上げてくれる組長がいるかどうかも疑問だな」

自分で言って、自嘲《じちょう》気味の笑みがこぼれる。

もちろん、父が親しくしていた組や、組長も何人かいるはずだ。だが今の極道の世界が義理人情だけで動くはずもない。どこもわざわざ火種を抱えるようなことはしたくないだろう。

逆にこの状況で誰か手を上げる組長がいれば、それこそ乗っ取られることを警戒する必要がある。

「ええ。ですから、正式な襲名披露は三回忌が終わったあとでいいでしょう。とりあえず今は、一生さんを組長に、という鳴神の総意をはっきりと示し、揺るぎない体勢を見せることが必要なんです。オヤジさんが亡くなったあと、不慣れな一生さんだからこそ、みんなで盛り上げていこうという士気も上がりますからね」

「……なるほどな」

一生は短くため息をついた。

そもそもヤクザなどは体育会系のノリというのか、確かにそういう単純な連中は多い。父に心酔している舎弟が多ければ、なおさらかもしれない。

だからこそ、うっかり隙《すき》を見せれば仕掛けられ、挑発に乗って相手の事務所に弾を撃ちこんだりすれば、そこから一気に食い尽くされる危険がある。

「それに、俺のことは他の組の連中もよく知っていますからね。どういう出方をするのか、だいたい読むことができます。でも一生さんについては、まったく未知の相手になりますから、他の組長たちもしばらくは様子見になるでしょう」

「牽制《けんせい》できるということか…」

冷静な指摘に、一生は無意識に腕を組んだ。

「ええ。三回忌までの二年間、オヤジさんが亡き後も鳴神が盤石だと示すことができれば、そのあとは誰が継いでもさほど大きな混乱はないでしょう。根回しをする時間もとれますしね」

結局、今のオヤジが偉大すぎるだけに、それが抜けた穴をいっせいに狙われる、ということなのだ。

三回忌まで。二年間。

一生はしばらく考えこんだ。

自分は組のために、父親のために、何もしてこなかった。だったらせめて、そのくらいの時間は使うべきじゃないかとも思う。

そして、その二年――だけ。

許されるだろうか？　そのくらいの時間ならば。

昔みたいに……この男につまらない手間をかけさせても。

自分の将来のために準備すべき時間を、二年間、一生にしても無駄にするのだ。

この男にも、それなりの犠牲を払ってもらっていいはずだった。

「つまりその間、おまえは俺の面倒を見てくれるというわけなのか？」

無意識に唇をなめ、強いて軽い調子で一生は口にする。冗談みたいに。

——そう。今ならまだ、引き返せるはずだから。

その意味は秀島にもわかっているはずだった。

はい、と秀島が静かに答える。

「カラダの面倒も？　別におまえのケツを貸せというわけじゃないけどな」

知らず、どこかからかうような、試すような笑みが浮かんでしまう。

自分でその条件を突きつけながら、心のどこかで拒否してほしいと願っている。

ずっと欲しかった腕だ。

だがそれに触れてしまうと……きっと、手放すのがつらくなる。

心がないままに抱かれる痛みも。

きっと後悔する。——自分でもわかっていた。

「それでも、俺に組長をやらせたいと思うのか？」

最後通牒《つうちょう》のつもりだった。

淡々と、同時に詰めよるようにして問い返した一生に、そっと一呼吸置いてから、はい、と秀島が答えた。

「他に跡をとるべき人間はいないと思っています」

まっすぐな視線が、挑むように突きつけられる。

一生は思わず目を閉じ、長いため息を吐き出した。

ふっ、と吐息で笑う。

何かいい知れない憤り、やりきれない思い、悔しさ、そんなものが入り交じった思いが胸を締めつけた。

それほど、父の残した組が大切なのか、と。

「……いいだろう」

ようやく、一生は低く答えた。

ふっと、秀島が息を吸いこんだのがわかる。

「ありがとうございます」

膝に手をつき、きっちりと頭を下げる。

そんな事務的な礼に、一生は泣きたいような思いだった。と同時に、どうしようもない怒りが身体の奥底から湧《わ》き上がってくる。

結局、組のためなら何でもできるのだ。この男は。

何を犠牲にしても、誰を傷つけても。

「俺が望む時にはいつでもだ」

にらむように、そんな言葉を吐き出した。

はい、とやはり冷静な返事がある。達観したような。

「だったら、今からしてもらおうか」

押し殺した怒りをぶつけるような言葉に、男がわずかに息を呑む。

それでも変わらぬ無表情なまま、うなずいた。

「わかりました」


先に風呂をお借りします、と丁寧に言って、いったん部屋を出た秀島がもどってきたのは、三十分ほどしてからだった。

本家に泊まることも多いので、専用の客室があるのだろう。着替えなどもおいているようだ。

やはり秀島も、バスローブ代わりに浴衣を羽織っている。

……いや。一生が、この男の真似をするようになったのだ。

無意識だったが、ふとそんなことを思い出す。

失礼します、と変わらない落ち着いた様子で入ってきた男の姿に、一生はすでに後悔していた。

だが——こんなことでもないと、この男に抱かれるようなことはないんだろうな…、と自嘲する。

「男を抱いたことはあるのか?」

落ち着かないまま、それでもベッドの端に腰を下ろして雑誌をめくるふりをしていた一生は、強いて何でもない調子で尋ねた。

「何度かは」

それに淡々と男が答えてくる。

ふぅん、とうなずきながらも、瞬間、腹立たしさと、悔しさと、暗い思いが胸の中に突き上げてきた。

「おまえ、いつから男が抱けるようになったんだ? 無理なんじゃなかったのか?」

思わず皮肉な口調で聞いてしまう。

しかし秀島は、それには答えなかった。

つまり、一生を抱くのが嫌だったというわけだ。あるいはオヤジの手前、遊びで手を出すのもまずいという感覚があったのか。

もしくはあのあと、そういう経験もしたということかもしれない。やはり、誰かにせがまれたのだろうか。この男なら、若い連中に惚《ほ》れられることも多いだろうから。

「ヤッてみたら、それほど悪くなかったとわかったか…」

鼻で笑い、なんとか軽い調子で肩をすくめてみせ、一生は手にしていた雑誌をローテーブルに投げた。

男がゆっくりと近づいてくる。

それだけで、ゾクリ…と肌が粟《あわ》立った。

「明かりを消しますか?」

静かに聞かれ、ああ、とうなずいた。

とても明るい中で、男の顔を見ていられるとは思えなかった。

部屋の明かりがふっと消え、薄闇の中、はっきりと表情が見えなくなって、少しホッとする。

ベッドの上で、一生は浴衣の帯を解こうとした。

「俺が」

と、その手が迫ってきた黒い影に止められる。

ビクッ…、と一瞬、身体が震えたが、一生は吐息で笑ってみせた。

「なんだ? おまえも着物の帯を解くのに萌えを感じるタイプなのか?」

からかうみたいに言ってやる。

それには答えず、失礼します、と律儀に断ってから、男の手がするりと帯を引き抜いた。そのまま大きな影がそっと体重をかけ、一生の身体をシーツへ横たえる。浴衣が肩からはだけさせられ、胸のあたりまで剥《む》き出しにされたのがわかる。

「一生さん……」

顔は見えない。だが、やわらかな吐息が頬に触れ、肩に触れる。

一生はたまらず、大きく息を吸いこんだ。ぶるっと無意識に身震いする。

必死に強ばる腕を伸ばし、指で男の肩に触れてみる。

さらりとした浴衣の生地の感触に、悔しいような思いでそのまままきつく手のひらをすべらせ、男の喉元までたどると、合わせ目から強引に手を差し込んで襟《えり》を引っ張った。

「脱げ」

闇の中で自分を見つめる男をにらみつけ、かすれた声で命じる。

はい、と低い声が返り、秀島がいったん身体を離すと、一生の上でバサリ…、と浴衣を脱ぎ捨てた。

ベッドの脇へ落とし、再び大きな身体がのしかかってくる。

シルエットだけでも男が全裸なのがわかって、ドクッ…と身体の中で血が沸き立ってしまう。がっしりとした身体の線だ。

一生は思わず、目を閉じた。

ざらりとした手のひらがそっと頬を撫で、肩をたどって、軽く腕を押さえこむ。それから、いくぶんたどたどしく、首筋に唇が這《は》わされた。

女相手にこんなぎこちないやり方をするとは思えなかったが、やはり相手が一生だからだろうか。

遠慮なのか、ためらいなのか。

あるいは、気まずさか……不本意な思いがあるのか。

クッ…、と奥歯を噛みしめ、一生は開き直るようにして腕を伸ばすと、男のうなじをつかんで思いきり引きよせた。

両手で男の顔を固定し、唇を奪ってやる。

好きな男との、初めてのキスだった。……昔、勝手に仕掛けたのをカウントしなければ、だが。

「……っ、一生さん…っ」

あせったように一瞬、突き放され、しかし観念したのか、秀島が短くため息をつく。

そして一生の頬からこめかみのあたりを指先でたどるように撫で上げると、軽く、男の方から唇を重ねてきた。

そっとためらいがちに舌先が唇に触れ、やがて熱い舌が隙間を割って中へ入りこんでくる。

「ん…っ…、ん……」

舌が絡められ、きつく吸い上げられて、胸の奥がジン…、と痺《しび》れた。本当に泣きそうになる。

無意識に男の胸に手のひらを這わせると、その手が引きよせられ、さらに深く舌が味わわれてから、ようやく解放された。

軽く濡れた音が耳に届き、それだけで頬が熱くなる。

セックスの経験がないわけもないのに、キスだけで、肩を大きくあえがせてしまう。

そのまま男の唇が喉元をたどり、胸へとすべって、鎖骨のあたりを痛いくらいきつく吸い上げられる。

「あっ…、っ…っ…」

思わず小さな声がこぼれた。

だがその痛みが身体の奥に沁みこむように心地よい。

スイッチが入った、ということだろうか。

結局のところ、相手が女だろうが男だろうが、やることは同じだ。

しかしその声にか、ハッとしたように秀島が身体を離した。

「……すみません」

闇の中でいくぶん動揺したような声が耳に届き、一生はひっそりと笑った。

「おまえの好きにしていいぞ…」

それに秀島が吐息のように、はい、と返してくる。

そして今度はいくぶん優しく、ついばむように肌に唇が触れてくる。手のひらが薄い胸から脇腹を撫で下ろす。

その感触に、一生はそっと息を吐いた。たったそれだけで身体がしなる。

触れてもらっているのだ——と。

胸が苦しくなる。

足の付け根まですべった手がゆっくりと内腿《うちもも》を撫で上げ、さらにためらいがちに中心に伸びてくる。

「ふ…っ」

ビクン、と一生は腰を震わせた。

一瞬止まった手がさらにしっかりと深く一生のモノを握り、強弱をつけて巧みにしごき上げる。

根元からくびれ、先端、裏筋と、手慣れている気がするのがひどく悔しい。器用な指が、絶妙なタッチで一生を追い上げていく。

「あぁっ…、あっ……んっ」

溢《あふ》れ出してくる快感に、こらえきれず一生は腰を揺すり、恥ずかしいあえぎ声をこぼしてしまう。あっという間に先端から蜜《みつ》がこぼれ落ち、指先で拭《ぬぐ》われて、その刺激にさらにいやらしく腰がくねった。

密やかに湿った音が耳につき、カッ…と頬が熱くなる。

下肢をなぶる手は止まらないまま、やわらかな感触がふいに胸のあたりを撫でるのがわかる。

「ヒァ…ッ！ ──あぁ…っ」

探るように動いたその感触が、標的を見つけ出して一気に襲いかかってきた。

濡れた舌先が小さく突き出した胸の芽をなめ上げ、押し潰すようにして執拗《しつよう》になぶってくる。その愛撫《あいぶ》に、敏感に反応した一生の乳首が硬く尖《とが》り、さらにもの欲しげに胸を反らせてしまう。

「あっ…あっ…、……や…っ、あぁ…っ！」

どうしようもなく、うわずった声がこぼれ落ちた。

胸の片方にだけ与えられる快感に、もう片方がじんじんと疼《うず》くようで、たまらず一生は自分の手を伸ばして慰めてしまう。

そんな自分に気づいて恥ずかしくなるが、止めることはできなかった。

「一生さん」

しかしそれに秀島も気づき、下肢をなぶっていた手を持ち上げると、一生の手を引き剥

がす。そして代わりに舌先で、一生がいじっていた乳首を転がすようにして愛撫した。

丹念に唾液をこすりつけ、なめ上げ、仕上げのように甘噛みする。

「あぁぁ……っ！」

あっという間だった。

その刺激にこらえきれず、一生は達してしまう。

カッ、と耳が燃えるように熱くなった。恥ずかしさで、目も開けられなかった。

たったこれだけでイッてしまうなど、ヤクザとすれば面目も何もない。

さすがに驚いたように秀島の動きが一瞬止まり、上体を起こして枕元のティッシュをとると、一生が腹に飛ばしたモノを拭ってくれた。

片手で無意識に顔を覆うようにしながら、一生は荒い息をつく。

だがもうここまで来たら、恥も何もなかった。

「後ろ……、してくれ」

うめくように言った一生に、秀島が小さく息をついてから、はい、と返してくる。

あきれているんだろうな、と思う。とんだ淫乱《いんらん》だと。

そんな男を組長に据えようという考えを捨ててくれれば、それはそれでいいのだろうが、やはりあのオヤジの息子、ということがブランドなのかもしれない。

男の腕がわずかに身を伏せるように横臥《おうが》した一生の脇にまわり、引きよせられて腰のあたりが密着する。生々しくあたる男のモノの感触にドキリとするが、さすがに興奮した様子はない。

腰へとすべった男の指が狭間を探り、何かぬるりとした感触が塗りこめられて、一生は思わず腰を逃がそうとした。

「な…ん…っ？」

あせった声が飛び出してしまう。

「すみません。潤滑剤の用意がありませんので、ハンドクリームで」

耳元で男が低く断る。そのまま指先になだめるように襞《ひだ》をいじられて、一生は無意識に男の身体にしがみついた。

暗闇の中、表情は見えない。

だからこそ、そんな大胆なこともできるのかもしれない。

いかにもあきれた、めんどくさそうな表情を見てしまったら、もう顔を合わせることもできそうにない。

指がくすぐるように襞をかき分け、それに合わせて淫《みだ》らに絡みついていくのがわかる。いやらしくうごめいて男の指をくわえこみ、さらに奥へと導こうとする。

恥ずかしいのに自分では抑えることができず、一生は無意識に男の肩に顔を埋めて表情を隠した。

早く、早く、とはしたなく急かすように、腰が揺れてしまう。

やがて、ズルリ…と男の指が中をうがち、一生は思わず背筋をそらしてのけぞった。

「……っ、あぁぁ……っ！」

痺れるような快感が身体の芯《しん》を駆け抜ける。根元まで入れられ、そのまま抜き差しされて、無意識にそれを味わうように一生は腰を締めつけてしまう。

「ふ…ぁ…、あぁ…っ、いい……っ！」

指が二本に増やされ、中をかきまわされて、無意識に恥ずかしいあえぎがこぼれ落ちる。

快感に、頭の芯がジン…と痺れた。

「男を、知ってるんですね？」

かすれた声で、秀島がつぶやいた。

いくぶん非難の色を感じて、一生はハッと息を呑む。それでも男の身体に肌をすりよせながら、片頬で笑ってやった。

「向こうで……、俺が……まっさらな身体でいたと思ってるわけじゃないだろうが」

五年も、だ。

もちろん、日本にいる時に、すでに女は抱いたことがあった。それこそ、中二か中三くらいではすでに。

「何人かに抱かれたし……、抱いてもみたが、やっぱりされる方がいいな」

あえて何でもない、露悪的な口調で言ってやる。

「甘ったれてるんだろう。昔と変わらず……な」

そんな言葉に秀島は答えず、いくぶん手荒く、一生の中をなぶり始めた。

指先が探るように動いて一生のイイところを見つけ出し、集中的に攻められる。

「あんっ！　あぁっ、ハッ…、アッ…、そこ……あぁぁっ！」

一生は淫らな声を上げ続け、無意識に腕を伸ばして男の肩にしがみついた。

男の身体がのしかかるように覆い被さってくる。

それに合わせて足を広げ、恥ずかしく男の腰に絡めて、すでに先端から蜜をこぼす自分のモノを男の足にこすりつける。身体をのけぞらせ、いやらしく端から唾液が伝う顎がふいに強い力でつかまれて、荒々しく唇がふさがれた。

「んん…っ、ぁ……」

ぐちゅぐちゅといくぶん手荒に後ろをいじられながら、一生は夢中で男のたくましい胸に頬をすりよせる。

気がつくと、秀島の男も硬く反応を始めているのがわかり、ホッと安心した。

それを確かめるようにそっと指をすべらせると、張りのある熱いモノがドクッと脈打っているのがわかる。

「おまえの…、中に入れてくれ……」

もうここまでくれば、どれだけビッチだと思われても同じだった。

手の中で男のモノをこするようにして言うと、はい、とかすれた声が返る。そして秀島は一生の後ろから指を引き抜くと、無造作に両足を抱え上げた。

そして一生の腰を自分の膝に乗せるようにして、恥ずかしくヒクついている襞に己の切っ先を押し当てる。

「あ……」

その予感に、ゾクリ…と身体の奥が震える。

そして次の瞬間、一気に重い質量が突き破るように中をえぐってきた。

「あぁぁ……っ！」

背筋を一瞬に這い上がった痛み。疼くような甘い快感。そして同時に満たされた悦《よろこ》びがこみ上げて、知らず涙が溢れ出す。

夢中でくわえこみ、きつく締めつけて逃すまいとする抵抗に挑むように、秀島は何度も抜き差しし、激しく腰を打ちつけた。

「は…ぁっ…、お…き……ぃ…っ、——あぁっ！」

長くはもたず、一生は再び前を弾けさせる。

いっぱいに締めつけた瞬間、生々しく男の熱と大きさを感じてしまう。

低くうめいて、それでも秀島はなんとかこらえたようだ。中でまだ熱い塊がドクドク…

と脈を刻んでいる。

「一生さん…」

ぐったりとシーツに横たわる一生を上から見下ろし、そっと息をつくように名前を呼ぶと、秀島が先を濡らしておとなしくなった一生の中心を優しく握りこんだ。

「あ……」

後ろには男をくわえこんだまま、前をこすり上げられ、あっという間にまた熱が集まり始める。

「ヒッ…、……あぁ…っ、あぁぁっ」

さらに伸びてきた指に乳首をひねるようにして摘《つ》まみ上げられ、たまらず腰が跳ね上がった。

胸へ与えられる痛みと、中心へ与えられる快感が身体の中でぶつかり合い、こらえきれずに身体がくねる。ズキズキと下肢が痛いほど熱を帯びていた。

入れられたまま動かない後ろがじくじくと疼き始め、誘うみたいにいやらしく腰が揺れてしまう。

丁寧にポイントを刺激するような男の手の動きに、イッたばかりだというのに、一生の前は早くも頭をもたげ、男の愛撫に悦んで蜜をこぼし始めた。

「あぁぁっ…、あっ、あっ……ふ…ぁ」

溢れ出したものが男の指に拭われ、さらにこすりつけるように先端の敏感な穴が指の腹でもまれて、どうしようもなく一生は腰を振り立てた。

無意識に後ろも締めつけていたようで、秀島が喉の奥で低くうなる。

そしていきなり膝立ちになると、抱えるように一生の足がつかまれ、そのまま一気に攻め立ててきた。

「はぁっ…、んっ、……あぁっ、あぁぁっ、もう……っ！」

激しく揺さぶられ、根元まで何度も突き入れられて、頭の中が真っ白になる。

身体がすり切れそうで、でもその圧倒的な力がうれしくて。

一生はその力に身を任せ、無意識に両手で自分のモノを慰める。

「一生さん…っ」

低い声で男が切羽詰まったようにうめき、その声にゾクッ…と身体が震える。

と同時に、一生は放っていた。

きつく後ろを締めつけた次の瞬間、一気に中から引き抜かれたのがわかる。そして腿のあたりに、自分が飛ばしたのに混じって温かいものがぶちまけられた感触があった。

足をつかんでいた男の手が離れ、パタリ…とシーツに落ちる。

しばらくは一生も、そして秀島も放心したように荒い息をつくだけだったが、やがて秀島がのろのろとベッドから降りた。

投げ出していた浴衣を羽織ると、何も言わずに部屋を出る。

さすがにあきれたのか、それとも真面目な男だから、罪悪感でも覚えたのか。

淋《さび》しくその気配を感じながらも、一生は身体を動かす気力もなく、そのままベッドに沈んでいた。

しかし秀島は数分でもどってくると、人肌に温かく、濡れたタオルで一生の身体を拭い始める。

「申し訳ありませんでした」

そして一生の太腿のあたりを丹念に拭いながら、静かにあやまってくる。

身体を汚してしまったこと、だろうか。我慢できるつもりだったのかもしれない。

一生はそれに小さく笑った。

「中に出してよかったんだがな…」

「まさか、そんなことは」

いくぶんあせったように、もしくはいらだったようにつぶやいて、それでも一生の身体をきれいにすると、シーツ代わりになっていた一生の浴衣を引き剥がし、新しい浴衣を着せてくれる。

秀島にとっては事務的な作業なのだろう。

それでも甘やかされる心地よさに、一生はまどろんだ。

「今日はゆっくりおやすみください」

布団を肩まで掛けられ、頭の上に静かな声が落とされる。

引き止めれば、朝まで一緒にいてくれるはずだった。……それが命令であれば。

甘く、淋しい余韻の残るけだるい身体をベッドに沈めたまま、一生は離れていく男の影を見つめてわずかに迷い、そしてとっさに呼び止めた。

「秀島」

黒い影がふっと動きを止め、振り返ってもどってくる。

「何か？」

落ち着いた声。

あんなことをやらせたあとでも。

「おやすみのキスくらい、していってくれないのか？」

からかうような口調を作るのがやっとだった。

おそらく表情は裏切っていただろうが、きっと見えてはいない。

秀島が静かに身をかがめ、指先が頬に触れた。するり…、と首筋にすべり、うなじの髪に指を絡めるようにして引きよせると、軽く唇を重ねてくる。

唇が触れるだけの、プラトニックなキスだ。子供にするみたいな。

「髪が、また少し伸びましたね」

身体を起こしながらやわらかく言われ、あ…、と一生は無意識にうなじのあたりに手をやった。

今は背中の中ほどくらいまであるだろうか。

中学くらいから、一生は何気なく髪を伸ばしていた。やはり当時だとロン毛のヤクザはめずらしかったから、半分ばかり反発もあったのだろう。

しかし。

――いいんじゃないですか。お似合いですよ。

そんな何気ない秀島の言葉で、今まで短く切る機会を逸していたのだ。

しかしさすがに、葬儀の席ではどうにかするべきだろうか。系列のお歴々もこぞって集まるのだ。

当然、喪主として、次の組長としての挨拶もあるはずだった。

「組長らしくない、か?」

「いえ。そのままで結構ですよ」

ふっと眉をよせた一生に、秀島がさらりと答えた。

「お似合いですから」

そして、おやすみなさい、ともう一度、丁寧に言うと、パタン…、と引き戸を閉じて静かに出て行った。

男の消えた扉を一生はしばらくじっと見つめて、ようやく目を閉じる。布団を、口元まで引き上げる。

——ひどい男だな…。

内心でポツリとつぶやいた。

そんなことを言うから、切れなくなるのだ——。

◇　◇

父の葬儀は鳴神の本家で執り行われた。

通夜は身内で行い、他には一般の人間で故人と親交のあった者が訪れた。

そして本葬が、一生にとって最初の戦場になる。

父が亡くなるまでの間のひと月、秀島がほとんどつきっきりで、一生に組関係のしきたりやら、暗黙の了解やらをたたき込んだ。とりわけ、所属する神代会の組長たちの顔や役職を覚えることには時間をとられた。

そんな準備を進めながら、一生も何度か病室へは顔を出したが、蜂栖賀はほとんど毎日、通っていたようだ。

本当に死ぬ間際まで側にいた。

そんな蜂栖賀に、通夜のあと、一生は夜伽《よとぎ》を頼んだ。

「私で…、かまわないんでしょうか？」

驚いたように聞かれたが、一生は静かに返す。

「ああ、頼む。オヤジも喜ぶだろう」

それから、ふと思い出して付け加えた。

「蜂栖賀。俺が日本を離れたのは、別におまえのせいじゃない」

蜂栖賀が鳴神組に来て一年ほどで、一生は日本を出た。たまたまそのタイミングになっただけだったが、もしかすると、父と自分との関係を疎んで、と杞憂《きゆう》しているような気がしたのだ。

「若…」

そんな言葉に、ハッとしたようにわずかに目を見開いて、一生を見つめた。

それから目を伏せて、申し訳ありません、と頭を下げる。

あやまられるようなことではないのだが。

これまでも、そして通夜の席でも、蜂栖賀は人前では決して取り乱した様子を見せることはなかった。ただ一睡もせずに、最後の夜を父の傍《かたわ》らで過ごしたのだろう。

じっと遺影を見上げる横顔に、それほど父を愛してくれたのだと思う。もしかすると、息子である自分よりも。

一生にしても父の死は衝撃だったが、しかしこの先のことを考えると、正直、嘆いている心の余裕はなかった。

鳴神組内部については秀島の方ですでに根回しをすませ、跡目は一生で、ということですでに総意を得ていたが、通夜に先立って一生は舎弟一同を本家に集め、身内への挨拶を行った。

よろしく頼む、というくらいのことだったが、やはり先代の急逝に危機感を覚えている者は多く、この先、神代会内外からの攻勢を考えると、さすがに一同の表情にも緊張がにじんでいた。

本当にやっていけるのか、という動揺と不安はやはりあるのだろう。新しい組長がこんな若造であれば、なおさらだ。

しかも、本来であれば跡目としてきっちりと顔つなぎに努めておくべきところを、五年間も日本を離れていたおかげで、他の組長たちだけでなく、鳴神組の中でさえ、一生に馴染みがない人間は多かった。

こんな逆境でも、父ならば必要な一言で、舎弟たちの心をつかむことができるのかもしれない。

だが一生は、父のように舎弟たちの気持ちを盛り上げる言葉を口にできるわけではなく、檄《げき》を飛ばし、気合いを入れて一家を率いていけるほど、精力的な人間でもない。もともと口数が多い方でもないのだ。

そんな中で、スッ…、と一生の前に膝を進めた秀島が、静かに口を開いた。

「よろしければ、盃をいただけませんでしょうか?」

固めの盃。つまり、親子の盃、ということだろう。

新しい組長と、舎弟たちとのだ。それ自体は不思議なことではない。

まあ、この場合、「親」になる一生がほとんどの舎弟より年下だということを考えなければ、だが。

しかし、それにしても。

「今か?」

さすがに一生も、ちょっととまどった。

本来ならば、吉日を選び、祭壇を設け、取持人やら媒酌人やら介添人やらと、いろんな立ち合いが必要になるものだ。

「はい。必要であれば、正式なものはいずれ日をあらためてとも思いますが、できればオヤジさんの前で。安心されると思いますので」

しかし秀島は落ち着いた様子で答えた。

「だが、俺は……」

さすがに三回忌までだから、とは、一生も口にはできず、少し濁《にご》す。組長の座を腰掛けのように使われるのは、やはり舎弟たちにとっては腹立たしいことだろう。

「形式をよく知らないな」

「ケジメという意味です。自分たちにも心構えができますから。形式などは必要ありませんよ」

ちょっと眉をよせて言った一生に、秀島が静かに言った。

お願いします！　と、他の舎弟からも声がかかり、そう言われると、一生としても拒否することはできない。

わかった、とうなずいた。

秀島が顎で合図をすると、樋口が速やかに三方に積まれた盃を運んで来た。どうやら準備はしていたらしい。

「では、自分からお願いいたします」

そう口にした秀島にうなずくと、脇にすわった樋口が重ねられた盃から一つを指先で持ち上げ、一生にまわしてくる。

そして一生が手にした盃に、お屠蘇《とそ》で使うような漆塗りの銚子から酒が注がれる。正式な場合ならば、お神酒を入れる瓶子《へいし》が使われるはずだったが、そこまでの準備ではないよ

うだ。

一生は軽く口をつけてから、少し迷い、そのまま秀島にまわした。本来は間に、介添人だか、媒酌人だかが入るはずだが、手を伸ばせば届く距離でもある。

　一礼して秀島が丁重にそれを受けとり、一気に盃を空けた。そして樋口から渡された懐紙にそれを包んで、懐に入れる。

略式ではあっても、厳粛な空気の中での、一連の流れ。

三三九度みたいだな…、とちらっと思い、内心で苦笑する。

「よろしくお願いいたします」

と、畳に手をついて深く一礼すると、樋口と役割を変わった。

それから、集まっていた幹部の舎弟十数人と同様のやりとりが続いていく。立場というより、古参の舎弟順、すわっていた場所順で進んでいた。

そして若頭補佐である真砂《じ》が盃を受け、最後に蜂栖賀が残った。

しかしなかなか動かず、焦れたように一同の注目が集まる中、蜂栖賀はもとの場所にとどまったまま、膝だけわずかにまわして一生の方に向き直り、静かに頭を下げた。

「申し訳ありません。私はまだ気持ちの整理がつきませんので、もうしばらくお待ちいただけますでしょうか」

思いがけないそんな言葉に、場の空気が一気に殺気だった。

他の舎弟たちからすると、水を差されたように感じたのだろう。

「てめぇ…、何、ふざけたことを言ってんだっ？」

「場を乱すつもりかッ！」

「一家の団結が試されようって時に……！」

だが一生にしてみれば、蜂栖賀が自分と盃を交わさない理由は、……その気持ちは、察することができた。

蜂栖賀は、父がいたからからこそヤクザになり、組に入ったのだ。

他の舎弟たちも多かれ少なかれ、同じはずだった。父に対しては、その力を認め、心酔していればこそ、盃をかわしたのだろう。

だが一生と盃を交わしたのは、なかば儀礼的なものであり、あるいは父への追悼の気持ちでしかないと、わかっていた。

だからある意味、蜂栖賀の方が自分の気持ちに正直だと言える。

「いや、無理にすることじゃない」

だから一生は、静かに答えた。

「それだけオヤジを慕ってくれてたということだろう」

やはり、他の舎弟たちとは意味が違うのだ。

それに蜂栖賀が深く頭を下げ、他の舎弟たちも不服そうではあったが口をつぐむ。

この日の通夜はいわば身内が主体で、組関係の弔問は明日の本葬に、というのが一応の取り決めになっていた。

そのため、この日は故人と親しかったカタギの人間がひっそりと訪れては焼香していった。

つきあいの広かった父ではあるが、さすがにヤクザの本家に足を運んでくる度胸のある人間はさほどおらず、来たとしても焼香だけで静かに帰っていく。

明日のこともあり、幹部の舎弟たちも今日は早めに、いったん引き上げた。

秀島を始め何人かは泊まるようだが、本家付きの舎弟たちは、それでも明日の最終準備と最終チェックにバタバタとしている。

組関係の弔問客を迎える明日が、鳴神組にとっても正念場なのだ。

そんな中、相手をする客もいなくなった一生は、父の亡骸《なきがら》が安置されている部屋の縁側で、盃を片手にぼんやりと庭を眺めていた。

というより、家中をまわってチェックしている秀島の姿が、ここからあちこちに垣間見れるのを眺めていたのかもしれない。

あの日――一生が日本に帰ってきた日に初めて寝たあとも、秀島の態度はまったく変わりはなかった。

まあ、何か考えていたとしても、顔に出すようなタマではないが。

あるいは「若」というスタンスから「組長」に変わったのかもしれない。

少しはあった馴れ馴れしさや、年の離れた子供に対するような甘さが消え、昔よりさらに折目正しい距離ができた、と言えるかもしれない。

バカなことをしているな…、と一生は自分でも我に返るように思う。

組長などと、仮にも自分がやっていいものではなかった。……しかも、あんな条件をつけて、だ。

だが、あとに引くには遅すぎた。

交換条件として、秀島に自分を抱かせた今では。

それに、今からバタバタと組長が交代するようでは、鳴神組内部の不安定さをさらすようなものだ。

どれだけのことができるのかわからなかったが、きっちりと秀島に引き継ぎたかった。せめて、鳴神組の名を汚さない程度に。

クッと盃を干し、無意識に横のお銚子に伸びた手が空をつかむ。

「どうぞ」

うん？　と思ったら、いつの間にかすぐ横に真砂が膝をついて、お銚子を傾けていた。

ああ…、とうなずいて、一生は酒を注いでもらう。

今年三十歳とまだ若い真砂だったが、二十歳になる前から組に飛びこんで来た男なので、一生もよく知っていた。ずっと秀島の下にいたこともあり、一生と顔を合わせる機会も多かった。

やはり黒のスーツだったが、すでにネクタイなどは緩んでいる。秀島などは、客が引けたあとも、誰が見ていなくてもきっちりと締めているものだが。

一生自身、すでにネクタイは外し、スーツの上は脱ぎ捨てていた。

おそらく、表に見える性格はかなり違うのだろうが、そのへんのおおざっぱさは似ているところもあり、真砂とは昔からなんとなく気が合った。どうでもいいようなことを、気兼ねなくポッポッと口にできる。

「一生さん、さっきはありがとうございました」

酒を注ぎながら、真砂がちらっと微笑《ほほえ》むように言った。

「何がだ?」

意味がわからず、盃を口元へ運びながら、一生は首をかしげる。

「千郷のことです」

どうやら真砂は、蜂栖賀のことは名前で呼んでいるらしい。

「別におまえが礼を言うようなことじゃないだろう」

「俺、先代の後釜を狙ってますからね。あ、いいえ、組長の座を、ってコトじゃなくて、千郷の男に、ってことですけど」

「おまえがか？」

さすがにちょっと驚いて聞き返してしまう。

真砂と蜂栖賀とは今は同じ若頭補佐という立場で、本来なら、ともに次の若頭の地位を争う関係でもある。

同い年とはいえ、真砂にしてみればずっとあとから来た蜂栖賀に追いつかれたわけで、そうでなくとも、一生が日本を出た五年前には、ずいぶんと真砂は蜂栖賀に対して反感を抱いていたような印象があったので、いつの間に、と、正直、意外だった。

だが、てらいもない軽やかな物言いに、一生はちょっと笑ってしまう。

心が和むと同時に、少しうらやましい。

「モテるな、蜂栖賀は…」

それだけ魅力があるということなのだろう。

容姿だけとっても、端整な顔立ちの男ではあるが、きっとそれだけではない。もちろん父が見出したとおり、その才能もきっちりと開花させていたが。

「人付き合いに不器用っていうか、ヤクザ相手の濃厚なつきあいに不慣れなヤツですしね。馴染むには時間がかかる男なんですよ。距離のとり方というか」

なぜか真砂が言い訳のように言う。

「まぁ、それをオヤジさんは一瞬で落としたワケですけど」

つまり、蜂栖賀にとって父は、ヤクザ以上だったということだ。

通俗的な言い方をすれば、ヤクザに惚れたんじゃない、惚れたのがヤクザだった——というような。

それだけに、組では浮いているのだろう。

蜂栖賀は相当に早い出世だったし、もちろんそれに見合う成果を上げての結果なのだろうが、それを快く思っていない連中がいるのはわかっていた。

それこそ「組長にケツを貸してのし上がった」という陰口がたたかれていることも。

だが、少なくとも今の鳴神の状態であれば、わざわざそれをあげつらって騒ぎ立てる人間はいないだろう。

きっちりとシノギを上げられる蜂栖賀は、今の組にとって絶対に必要な人材だった。

誰もがそれはわかっているはずだ。

「まあ、組に残ってくれるだけ、上出来だろうな」

一生はちらっと背中の父親の方に視線をやって言った。

今夜は付き添って過ごすだろう蜂栖賀は、今は秀島の手伝いでチェックリストを持ってまわっているはずだ。

もしかするとこのまま組を去るのではないか、と思っていたから、むしろ残っていることが意外なくらいだった。

だがそれも、父のためなのだろう。父が残した、組のため。

憧れがあるのかもしれない。父と蜂栖賀の二人に。

そして、チリッと胸を焼くような羨望《せんぼう》と。

秀島にしても、やはり父に「惚れて」側にいたのだろうから。

やはり父親には何もかも敵わないような息苦しさが、ふっと胸を突き上げる。

父くらい器量があれば、秀島を側に置いても超然としていられるのだろうに。

「本当に、そう思いますよ」

やれやれ…、というように、真砂が嘆息した。

「でも、一生さんがお帰りになるとは思いませんでしたよ」

ちらっと真砂が、どこかいたずらっぽい目を上げて口にする。

「オヤジの死に目にも顔を出さないような薄情な息子だと？」

淡々とした口調は、皮肉とも軽口ともとれる。慣れない相手だと、感情の乏しい、乾いた一生の口調は真意を測りかねて少しばかり緊張するようだが、さすがにつきあいの長い真砂はたじろぐことはなかった。

「いいえ。ただこの稼業だと、病気じゃなくても、いつ何があって不思議じゃないわけですしね」

干した盃を差し出した一生に、軽く頭を下げて受け取りながら、真砂が何気ないように口にする。そして、軽く付け足した。

「一生さんは意外と頑固ですから、このまま日本へ帰ってこないこともあり得るかな、と思っていたもので」

逆に軽口のように返され、一生の方が少しばかりとまどった。お銚子をとった手が、ふと止まってしまう。

「別に…、そこまでオヤジに反抗していたわけじゃないと思うが」

言いながら、お銚子を傾けて盃に注いでやる。

頂戴します、と丁寧に礼を口にしてから、真砂がクッと一息で空けた。そして、その吐き出す息でさらりと口にする。

「頭には、二度と会わないおつもりかと」

一瞬、一生は息を止めてしまった。

そういう意味で言っているのか？　と、思わず真砂の真意を探るように眺めるが、穏やかに見つめ返す眼差しは、やはり察しているようだった。

返された盃にもしばらく気づかないほどだったが、やがて小さなため息とともにそれを受け取る。

「……そんなにダダ漏れだったか？」

ようやく、そんな言葉を押し出した。

「いえ。ただ俺は、他の連中より近くで一生さんを…、頭と一緒にいる一生さんを見てたからでしょう」

落ち着いた様子で真砂が答える。

「頭に男惚れしているヤツは別にめずらしくはないですからね。一生さんが懐いていたくらい、傍目にはどうってことはないですよ」

そんな言葉に、知らずホッと息をついた。

「そうか…」

「一生さんの思いが頭に届くのと、俺が千郷の中でオヤジさんを越えられるのと、どっちが早いですかねえ…」

どこかのんびりとした口調で言った真砂に、一生はかすれた声で笑った。

片思い同士、というわけだ。

自分たちの仕事を顧みるとあまりにもカワイイ状況で、本当に笑える。

「あの蜂栖賀の様子じゃ、オヤジを超えるのは並大抵じゃないだろうな」

それほど惚れこんでいた――惚れこまれていた、ということだ。

絶対無二の存在として。

代わりになれる人間などいない。

「死んでもオヤジさんは立ちはだかってんですよねえ…。きっと墓の下で、やってみろよ、ってにやにや笑ってんでしょうね。あ、まだ墓に入っちゃいませんが」

真砂がしみじみとぼやく。

まあ、オヤジにしてみれば褒め言葉で、真砂にとっては追悼なのだろう。

だがどうやら、真砂は立ち向かうつもりでいるらしい。

その不屈のバイタリティには感心する。今の蜂栖賀を見ていると、とても脈はなさそうに見えるが。

立ちはだかる敵が大きいほど、燃えるタイプなのだろうか。まあ、ヤクザとしてはいい傾向だし、実際真砂はそうやって自分を大きくしてきたのだろう。

だが自分は、真砂とは違う。真砂のように、無謀に突き進んでいくことはできない。

「俺はもうあきらめてるさ」

一生は静かに微笑んだまま言うと、注いでもらった酒を、一気に空けた。

今の自分が、何でも秀島に命じることができるのはわかっている。だがそれは、自分の「思いが届く」のとは違う。

あきらめるしかないのはわかっていた。

……だからこそ。

あんな条件を出したのだ。だったらせめて、と未練がましい思いで。青春の記念のようなものだ。

一生のそんな言葉に、ん？　と真砂が首をかしげ、うーん…、とうなるように声を上げて、ガシガシとうなじのあたりを掻《か》いた。

「頭は…、まァ、そっち方面には案外、疎い人ですからね。若相手とか考えたこともないんでしょうし。実際、組のことが優先で、女関係だってたまに発散させてる程度でしょうし。色恋沙汰とかに関わってるヒマもなさそうですからね」

まさに組が恋人、というわけだ。

だったら本当に……自分が望めば、秀島はずっと相手をしてくれるのかもしれなかった。組長を続ける条件で、駄々をこねれば。

ふっとそんなことを考えてしまう。夢想する。

だがそれは、義務の一つとして、だ。仕事としてでしかない。

口で言うほどあきらめ切れていない自分に、思わず自嘲してしまう。

まったくヤクザのくせに、女々しくて、往生際が悪い――。

翌日の本葬では、さすがに朝から家中がピリピリとしていた。
故人の死を悼む儀式――というよりは、やはりどうしても、組同士の駆け引きの場になる。

少なめに朝食をとってから、一生も黒紋付きに着替えていた。

居合いをやっていたこともあり、着物の着方はそこそこ身についている。稽古《けいこ》の時は基本的に道着だが、一生は比較的普通に家でも着物を着ることが多い。普段着から、寝間着代わりにも。

「少しよろしいですか?」

と、打ち合わせだろう、そこへ秀島が引き戸の向こうから声をかけてきた。

ああ、と返すと、がらりと戸を開けて男が入ってくる。すでにきっちりとした黒のダブルに、黒のネクタイを締めていた。

「精進落しの際の席割りの確認をいただきたいんですが」

「俺が見てもわからないだろう。任せる。それより喪主の挨拶だが、決まった型のようなものはないのか?」

そういえば特に聞いていなくて、一生は尋ねた。秀島なら、原稿の用意くらいしていそうだったが。

しかし秀島はさらりと答えた。

「いいえ、特には。会葬者への御礼と、新しく組を背負われる一生さんのお気持ちを、思うとおりに述べられたらいいだけですよ」

あっさりと言ってくれるが、それが難しいのだ。

どうやらそこまでは甘やかしてくれないらしい。

一生はちょっと喉の奥でうなる。

「……ああ、一生さん、袴《はかま》の紐《ひも》が」

ふと気づいたように言われて、うん？　と首をかしげる。

「弔事ですから、袴の紐は一文字結びになりますよ。俺が直しましょう」

「ああ…、悪い」

指摘されて、一生は袴の結び目を見下ろす。そういえば、道着でよく使う十文字で結んでしまっていた。

秀島が手にしていた紙をベッド脇のテーブルにのせようとして、ふと気づいたように小さく微笑んだ。

「ずいぶんお勉強なさっていたようですね」

そこには寝落ちする前まで広げていた式の流れや、各組の組長たちの顔写真が入った資料が乱雑に置かれている。

「まぁ、今まで海外をふらふらしていたツケだな」

跡目として、せめて向こうで大学を出たあとにでもオヤジについていろんな集まりに顔を出していれば、今さらしなくてもいいようなことだ。他の組の組長たちとも、それなりの顔合わせ、顔つなぎもできていただろう。

……もともと、あとを継ぐ気はなかったのだからどうしようもないが。

「仕方がありませんよ。急なことでしたし」

そんなふうに言いながら、秀島が一生の前にまわりこみ、ためらいもなくひざまずく。

ふいにドキリとしてしまった。

紐を結び直してもらうだけだ、とわかっているのに。

一度は裸で抱き合っていて——しかしあの時は、ろくに顔も見ていなかった。見ないようにもしていた。

シュッ…、といったん結んでいた紐を緩め、腰に腕をまわすようにしてキュッ、と力を込める。

「きつくありませんか？」

「ああ」

抱き寄せられるような格好のままで聞かれて、一生はなんとか返す。声がかすれてしまっているような気がした。

秀島はそのままきっちりと締めると、前で一文字に結び直す。

一生はそっと息をつき、内心の動揺を押し隠しながら何気なく男の顔を見下ろすが、淡々と、まったく意識している様子もない。

あたりまえだったが、自分だけか、と思うと、淋しくも悔しい思いがにじんできた。

だが精いっぱい自然なふりで、一生は邪魔にならないように袖《そで》を持ち上げる。

と、いきなり廊下から甲高い声が響いた。

「ちょっと一生、あんた、そんなことまで秀島に手間をかけさせてるの？」

開きっぱなしだった戸口から、通りかかったらしい恵が中をのぞきこんでいた。さすがにきっちりとした黒留め袖だ。

姉ではあるが、喪服の女というのは、それだけで二割増し色気があるようにも思う。

知らず、ちらっと秀島の横顔を窺《うかが》ってしまった。

「私がやるわよ？　秀島はただでさえいそがしいのに」

あきれたように言われたが、秀島は落ち着いて返している。

「いえ、お嬢さんも今日はおいそがしい身ですから。女の方に目を配っていただきたいところもありますしね。それに中の準備はほとんど樋口が仕切っていますから、自分の仕事はもうあまりないんですよ」

「そう？　悪いわね、いつまでも手をかけさせて」

そんなふうに言うそばから遠くで呼ばれ、慌ただしく恵が階下へと降りていく。

……実際のところ、もっと別の方にも手間をかけさせているわけだったが。

「いつまでたっても、俺は恵にとって子供なんだな…」

少しばかり体裁が悪い気がして、一生は口の中でつぶやくように言った。

「かなり年が離れていらっしゃいますからね。やはり姐さん代わりのお気持ちがあるんでしょう」

言いながら、秀島が着物用のハンガーに掛けてあった羽織をとる。

どうぞ、と広げられて、背中から着せかけてもらった。

ふわりと優しく抱きしめられるようで、無意識に指先が羽織の端をつかむ。

どこか、頼りない表情になっていたのだろうか。

「大丈夫ですよ。俺が側にいますので」

再び前に回りこんで羽織の紐を結びながら、ふと顔を上げた秀島が落ち着かせるようにゆったりと言った。

ああ、と一生はそれにうなずいて返す。

他意はないのだろう。

だが少し、その言葉が胸に痛かった――。

◇

◇

実際のところ、一生にしてみれば、葬儀の時に初めて顔を合わせる組長の方が多かった。来訪の際に顔を確認しながら玄関口で一度挨拶をし、坊主三人がかりでの読経を終え、火葬場から帰ってきてからが一生にとっては本番になる。

火葬場まで行くのは本当に身内くらいだったので、しんみりと厳かなものだったが、本家の方では待っている組長さん方への接待で、舎弟一同がピリピリしていたようだ。

そちらへの対処もあって秀島は本家へ残り、代わりに、と蜂栖賀を同行させたのは、秀島なりの心遣いなのだろう。

「あんた、ただでさえテンション低いんだから、なめられないように気合いを入れなさいよ！」

と、恵にバシッと尻をたたかれたものの、急に変われるものでもない。

「お疲れ様でした」

本家にもどると、秀島に出迎えられ、とりあえず遺骨を所定の場所に安置する。

そして、よろしいですか、とうながされ、精進落しの場へと向かった。

広間には予想していたよりも多くの会葬者——すべて組持ちの親分方が残っていた。

そのお付きである舎弟たちも別室にいるので、今本家に集まっているヤクザは相当な数なのだろう。家の周囲を機動隊が取り囲んでいても不思議ではない。

やはり鳴神の新しい組長とは馴染みがなかった分、顔つなぎと、その人間を、実力を量っておこうということだろうか。

居並んだ黒い集団の正面に腰を下ろすと、いっせいに鋭い視線が集中し、その威圧感に息が止まりそうになる。全身に鳥肌が立った。立ち向かわなければならないものの大きさを実感する。

しかもこの中では、おそらく一生が誰よりも若い。場数も少なく、特有の呼吸もわからない。

緊張で身体が強ばった。

すべてが敵なのか。基本的には同じ会派の組長たちであり、友好団体の人間にはなる。だが、味方とは限らない。

あらかじめ、父と親しかった組長の名を秀島に尋ねてもいたが、あえて口にしてはくれなかった。

「誰が敵で、誰が味方か、一生さんご自身が判断されることです。今日味方になってくれた人間が明日には裏切るというのは、この世界じゃよくあることですしね。もちろん逆もありますが」

そんな言葉で。

先入観を持たずに相手を見ろ、ということか。

そもそも父の盟友だからといって、一生を信頼してくれるわけではない。時には命を預ける状況にもなるわけだから、そのくらいシビアな世界ではある。

「若輩ではございますが、親分さん方のご指導を仰ぎつつ、今後とも精進に努めたいと存じます」

というような当たり障りのない挨拶で、精進落しの席に臨む。

そのあと、酒を持って個々に挨拶へ出向いた。型通りの四方同席ではあるが、やはり神代会の上役から順になる。

一生は、とりあえず、よろしくお願いします、くらいのことしか口にできなかったが、秀島がきっちりと側について、相手の組長を確認がてら引き合わされた。

「早くも立派な番犬ぶりだなァ、秀島」

そんな様子に、やはり早々に揶揄《やゆ》する声がかけられる。

それでもこんな集まりであれば、軽いジャブといったところだろう。

「それともカワイイお人形さん遊びがしたくなったか？」

五十過ぎくらいの組長がにやにやと笑って、一生をおもしろそうに眺めてくる。

やはり体格のいい、強面の親分さんたちが連なる中、長髪で細面の一生は、ただでさえ凄《すご》みとか迫力とは無縁で、侮られるところはあるのだろう。

つまり、傀儡《かいらい》だという当てこすりだ。

「鳴神の統領はただのお飾りでは務まりませんよ」

「そりゃそうだ。じっくり、お手並みを拝見させてもらうよ」

しかし挑発にも乗らず静かに返した秀島に、相手もゆったりと構えるように酒を飲み干してうなずいた。

「秀島。おまえがずっとくっついてちゃ、組長さんと親睦がとれねーだろ？」

そんな言葉で追い払ったのは、千住《せんじゅ》の組長だ。まだ三十過ぎで、この顔ぶれの中では若い方だろう。

大丈夫だ、と一生もうなずいて返す。父の生前、何度かこの本家を訪れたこともあり、病院へ見舞いにも来ていた。一生としては、まったく知らない顔ではない。

「鳴神のオヤジさんとは兄弟の盃をかわさせてもらっていたが、俺にとっちゃ、実際にオヤジみたいな人だったよ。いろいろ教えてもらった」

しみじみとそんなふうに言われる。

そういえば、千住の先代はもう十年くらい前に亡くなっていた。抗争で、だ。父は、そういう意味では、布団の上でまだ穏やかに逝ったわけだ。

つまり千住の組長自身、かなり若くして組を継いでいた。一生がまだ中学生かそこらの時に。今の一生よりも若かっただろう。

「本気でやるんなら、腹を据えろ。中途半端な気持ちだったら、ケガしないうちに引くんだな。鳴神が隙を作りゃ、神代会に穴が空くことになる。その前に、俺たちとしちゃ穴はふさがなきゃならねぇからな」

つまり、何か不始末をしでかしたら——あるいはしでかす前に、一生の能力を見極めて、神代会の中でケリをつける、ということだ。端的に言えば、鳴神のシマを解体する、ということでもある。

そんな厳しい言葉に一瞬、身がすくみ、それでも丁寧に、ありがとうございます、と頭を下げる。

どちらかと言えば、鳴神とは親しいはずの組長からでもこの程度の言葉はかけられる。おそらく今日弔問に訪れている組長の半分以上は、隙があると思えばいっせいに襲いかかってくるのだろう。

言葉の端々にその狙いが透けて見える。いや、あからさまにちらつかせているのか。

そのためにいろんな角度から揺さぶりをかけてくる。

実際のところ、鳴神が弱体化すると他の系列からの攻勢が激しくなるわけで、神代会全体としてシマを失うことになる前に、系列の他の組に振り替えるという主張、意図は大きな組織として動いている以上、ある意味、正論だ。

そうさせないために、一生としては、今のシマを守り切る実力があると、きっちり示す必要があった。

もちろんたやすい仕事だと思っていたわけではないが、今さらにゾクリ…、と背筋が震えてくる。

この葬儀でなんとか最初の顔合わせを終え、しかしホッとしている余裕はなかった。他の組長たちもとりあえず品定めをして、次を仕掛けてくるだろう。

「これで終わるはずはありませんので。用心してください」

秀島にもそんなふうに忠告される。

そうでなくとも、面倒な仕事は山積みだった。

「とりあえず、しばらくは挨拶回りですね」

と、事務的に指示されて、それからひと月ばかり、一生は毎日のようにあちこちと出向いて人と会っていた。相手によっては、地方まで一日がかりになることもあった。

その相手とのアポイントやスケジューリングは秀島の役割らしく、当然ながら、挨拶回りの間、秀島はずっと隣にいた。ほとんど一日中、顔をつきあわせていることになる。

うれしくも、少しばかり息苦しいような、複雑な気持ちだった。

最初の夜から、一生が特に求めることはなかった。

したくなかったということではない。

うっかり自分で慰めたことは何度かあった。なまじ男の身体を知ってしまったから、余計生々しくイメージできてしまう。

どんな手つきで触るのか。どんなキスをするのか。アノ時、どんな息づかいなのか。

強くつかまれた腕の痛み。中に入ってきた時の熱と、大きさ――。

歯止めがきかなくなりそうで恐かった。

今の一生であれば、秀島に何でも命じることができる。何をさせることもできる。

……だが。

もちろん、秀島としては「仕事」の一環でしかない。一生を看板にするための手段として、仕方なく相手をしているだけだ。

無理にやらせることじゃない、とわかっていた。

自分で条件を突きつけておきながら、とは思うが、これ以上、秀島に軽蔑されることはしたくなかった。

二年間、曲がりなりにも勤め上げて、きれいにあとを任せる。

それができれば、少なくとも秀島の中にいい思い出くらいは残していけるだろう。

そんなふうに思っていた。

この日、一生が会ったのは与党の有力な政治家の一人だった。

父とは親しかったようで、葬式には顔を出せず申し訳ない、とあやまった上で、結構な香典を差し出された。

とはいえ、当然、立場がある。葬式には本人はもちろん、名代でも行かせることはできなかったはずだ。

父との思い出話をいくつか聞かせてくれ、一生に対しても何かあったら遠慮なく頼ってくれ、という親身な言葉をもらう。

政治家との腹芸につきあえるほど場数を踏んでいるわけではなかったが、それでも相手がこちらを見ていることはわかった。

利用できない、あるいは邪魔になる、と判断すれば、即座に切り捨てるのだろう。

そうでなくとも、政治家のヤクザとのつきあいは慎重にならざるをえない。

ただこの男に限らず、他の政治家や財界人とも何人か会っていたが、やはり父に対しては立場を超えた信頼があったようだ。

だからこそ、息子である自分との面談に応じてくれたのだろう。

そうでなければ、ヤクザとの関係など、父の死とともになかったことにするところだ。まともにアポイントなど取れるはずもない。もちろんその場合の一生の肩書きは、某社社長というものではあったが。

その帰りだった。

さすがに気疲れして、ぐったりとシートにもたれて車に揺られていた一生だが、ふいに秀島が「止めろ」と鋭い声を上げたのに、ふっと身体を起こした。

「どうした？」

指先で軽くまぶたを押さえながら問いかけた一生に、しかし秀島は答えず、前の助手席にすわっていた伊勢崎に声をかけた。

「おい、あれは浜見《はまみ》じゃないか？」

「え？　あ…、そうみたいですね。このあたりはアイツに任せてる縄張りですし。あいつ…、何やってんだ？」

秀島の視線の先を追って答えた伊勢崎の声が、わずかに緊張を帯びる。

一生も少しばかり身を乗り出すようにしてウィンドウの外を見ると、薄暗い中、チンピラ二人に路地のあたりへ引きずりこまれている男の姿が視界の端にかかった。

だが夜の街でまともな明かりはなく、一生には顔もまともに見えない。その浜見という男のこともよく知らなかったが、秀島たちは雰囲気で察したということだろうか。

「うちの舎弟か？」

「ええ」

確認した一生に、秀島が振り返って小さくうなずいた。相変わらず表情はなかったが、それでもいくぶん固い声だ。

連れこまれた路地裏で何をされているのかは——だいたい想像がつく。

「連れてこい」

秀島の命令に、はい、と伊勢崎がせかせかと車を降りる。そして小走りに路地へ近づくと、恫喝するような声を上げた。

「おい、てめぇらっ、何してんだっ⁉」

その声にあわてたように二つの黒い影が走り出てきて、バタバタと逃げ去った。

一瞬追うそぶりを見せたが、伊勢崎の姿はすぐに路地に消え、そしてすぐにもう一人の男に肩を貸すようにして車にもどってきた。

浜見という男だろう。一生より一つ、二つ下だろうか。二十歳過ぎくらいの若者だ。かなりやられたらしく、顔は腫《は》れ上がり、額のあたりや口元からは蹴られたのか血が流れ落ちていた。

「あ…、頭…。すいません、情けないとこを……」

ドアを開けて車から降りた秀島に、浜見が面目なさげに頭を下げる。

「誰にやられたんだ？」

低く、秀島の尋ねる声。

「近澤《ちかざわ》のヤツらですよ。このへんはうちのシマなのがわかってて、アイツら、ここで商売してやがって」

「クスリか？」

「ええ」

横から伊勢崎が尋ねたのに、浜見がうなずく。そしてすでに形の変わっている顔をゆがめて吐き出した。

「なめてんですよ、連中。オヤジさんが死んだからって好き勝手しやがって…！　最近、よくちょっかいかけてきてたんですけどね」

　先代が亡くなってから、あちこちでこんな小競り合いが起きていることは、一生の耳にも入っていた。

　鳴神の体制も整っていない今なら、少々、シマを荒らしても大丈夫だと。そこまできっちりと押さえこめる余裕はないだろうという考えだ。この機会に少しでも食いこんで、自分のところのシマを広げようという魂胆だろう。

「つまり、俺がなめられてるってことだな」

「く、組長…！」

　自分でドアを開け、車を降りて淡々と言った一生に、初めていることに気づいたようで、浜見が驚いたように目を見開いた。

　そして、あわてて頭を下げる。

「す、すいませんっ。俺たちがしっかりしてねぇから…」

「その近澤っていうのは、神代会なのか？」

　車にもたれて腕を組み、一生は秀島に顔を向けて尋ねた。

「いえ、違います。一永会《いちえい》の系列ですね。このあたりはかなり複雑な縄張りになってますから」

ふぅん…、と顎を撫でる。

「組事務所、この近くなのか？」

「ええ、おそらく」

さらりと答えたが、いくぶんはっきりせず、秀島が視線で伊勢崎に問い、伊勢崎が浜見を見る。

「え…、あ、はい。この先にありますけど」

少し意味がわからないように、一方を指さしながら窺うみたいに浜見が答える。

「じゃ、行ってみるか」

「一生さん」

軽く言った一生に、秀島がさすがに声を上げた。

「アイサツに行くだけだ。そこにはまだ行ってないだろ？」

「いや…、しかし」

小さく笑った一生に、伊勢崎があせったように秀島と一生とを見比べてくる。

「……まあ、いいでしょう」

少し考えるようにしていた秀島が、小さくうなずいた。

「うちが挨拶に行くほどの組じゃないですがね」

場所だけ聞いて浜見には先に帰るように指示し、その近澤組とかいうヤクザの組事務所までは、車でほんの五分ほどだった。五階建てのビルで、組事務所と組長の住居が一緒になっているタイプのようだ。

車で待ってろ、と伊勢崎と運転手に命じ、秀島だけが一生についてくる。

そして玄関口で、ちらっと一生の表情を確かめてから、インターフォンを押した。

はい、と、だるそうな男の声が返ってくる。

「夜分、恐れ入ります。近澤の組長さんにお目にかかりたいのですが」

秀島が丁重に取り次ぎを頼む。

『あァ？　なんだ、てめぇ…？』

いきなり本家にやって来て、組長に会わせろ、という客もめずらしいのだろう。低く凄みながらも、うさんくさそうに相手がうなる。

「鳴神組の者です」

『あぁ？　鳴神だぁ？　ハハハッ、なんだよ、あいつ、懲りずにまたやられに来たのかよ、バカがっ』

落ち着いた秀島の言葉に、向こうの奥の方で高笑いする声も聞こえてくる。

やはり浜見をやったのはこの組のチンピラらしい。

『帰れよ、クズが来るようなところじゃねぇ』

そんな挑発に、秀島がスッ…、と息を吸い込んだ。そして、一気に吐き出すようにインターフォンに向かって吠え立てた。

「さっさと取り次がねぇか、クズがっ！　鳴神の秀島が来たと伝えろ！」

その一喝に、インターフォンの向こうでいくぶんバタバタした気配が感じられた。玄関まわりにいくつも設置されている監視カメラを、あわてて確認したのだろう。

いきなり相手の声がひっくり返った。

『しょ…、少々お待ちくださいい…っ』

振り返った秀島が、失礼しました、というように軽く頭を下げたのに、一生は肩をすくめて返す。

あせった声とともにインターフォンがブチッと切れ、それから五分ばかりも待たされた。どうやら事務所番をしている程度の下っ端では対応できず、上の人間にお伺いがいったらしい。

ようやく正面のドアが開き、そこそこ幹部らしいスーツの男が姿を見せた。

四十代なかばといったところか。量の少ない髪をぴったりと後ろに撫でつけた、小柄な男だった。ガタイのいい舎弟を左右に二人引き連れた姿は、どこか宇宙人に拉致《らち》される地球人を思わせる。

ちらっと秀島を確認し、一生に視線を移してわずかに怪訝《けげん》そうに目をすがめ、再び秀島に視線を向けてから高めの声が尋ねてきた。

「谷山《たにやま》と申します。こちら、鳴神の若頭とお見受けしますが、いきなり何のご用でしょう？」

丁寧な口調で、しかしさすがに静かな凄みがあった。油断のない目つき。

それに秀島が、やはり静かに応じた。

「たまたまこちらの前を通りかかりましたので、ご挨拶に立ち寄らせていただいたんですよ。うちの組長が代替わりしましたので」

視線で一生を示して言った秀島の言葉に、えっ？　と男の表情が変わった。

「どうも。近澤の組長にご挨拶だけ、させていただけますか？」

「そ…それはご丁寧に」

淡々と言った一生に、男がわずかに視線を漂わせ、それでも、どうぞ、と道を譲って二人を中へ入れる。

そして舎弟の一人に素早く耳打ちすると、その男があわてて奥へと走って行った。

組長に知らせに、だろう。

「立派な組事務所ですね」

そのあとをゆっくりと案内されながら、秀島がぬけぬけとそんなことを口にする。

「いや、うちなんか新興ですからね。鳴神さんみたいな名門じゃありませんが」

それに相手も謙遜《けんそん》して返す。

このあたりも駆け引きなのか、腹の探り合いなのか。

そのままエレベーターで四階へ案内され、二十畳ほどもある応接室に通された。

「恐れ入りますが、こちらでもう少々、お待ちいただけますか」

そう言って、谷山がいったん姿を消す。

待つ間に舎弟の一人がひどくしゃちほこばって茶を運んできた。

ごつい革張りのソファがあったが二人とも腰は下ろさないままで、茶に手をつけることもない。

一生としては、考えてみれば、他の組の事務所というのは初めて訪れたので、ちょっと興味深くあたりを眺めてしまった。

もっともこの部屋は組事務所ではなく、むしろ組長の住居の一角だろうか。ある程度の客を迎えたり、幹部たちとの会議をするような場所なのだろう。

それでも一方の壁には組の代紋の入った提灯《ちょうちん》がいくつか並び、もう片方の壁の真ん中には代紋が彫り抜かれた木彫がどっしりとかかって存在感を放っている。

そういえば、うちは玄関先にも古いのがあるな…、と今さらながらに思い出す。墨書きのもので、実際あまりに古すぎて、形や文字が消えかかっているくらいだ。

と、いきなりドアが開いて、腹の突き出した六十前くらいの男が姿を見せた。

その後ろにさっきの谷山がついているところを見ると、どうやらこの男が組長の近澤らしい。

男は室内用のローブ姿だった。余裕を見せるためか、あえて、なのだろう。

「ほう、あんたが鳴神の親分か。こりゃ、確かにお若い」

あらかじめ聞いていたようで、まっすぐに一生を見て男が大きな笑みを見せた。開けっぴろげにも見えるが、さすがに迫力はある。

「こんな格好で申し訳ないな。そろそろ休もうかと思っていたところでね」

「こちらこそ、こんな時間に突然お邪魔して申し訳ありません」

横で静かに秀島が頭を下げる。

「いやいや。鳴神の組長にわざわざこんなちんけな組に足を運んでいただいたというのに、うちの若いのの対応が悪かったようで。おたくと違って躾《しつけ》ができていないようで、お恥ずかしい限りだ」

謙遜と言うより、明らかに慇懃《いんぎん》無礼《ぶれい》な口調だった。

もちろん近澤にしてみれば、こんな若造になめられるわけにはいかない、という矜持《きょうじ》があるのだろう。

だがそれは、一生も同じだった。

「確かに、近澤さんのところの若いのは躾がなってないようですね」

「なに…?」

薄手のコートのポケットに手を突っ込んだまま淡々と言い放った一生に、近澤が一瞬、言葉を失った。不気味な笑顔がそのまま固まる。

言葉通り、素直に挨拶に来たと思っていたわけではないだろうが、それでもいきなりそんな言葉を浴びせられるとは予想していなかったのだろう。

「てめぇ…、ケンカを売りに来やがったのか⁉」

一歩前へ踏み出すようにして、後ろにいた谷山が声を荒らげた。

かまわず、一生は冷ややかに続ける。

「人のシマで商売するようなセコイ真似をした上、うちのをずいぶんと可愛がってくれたようですが、それが近澤さんのところの流儀だと考えていいわけですか？」

「……あぁ？」

意味がわからないように猪首をひねった近澤に、あっ、とあせった様子で横から谷山が耳打ちする。

さっきの浜見の件が、相手側にも報告で上がっていたのだろう。少なくとも、一生たちが乗りこんできた時に。

「なにぶん、跡目を継いだばかりでまだ不勉強でしてね。こうして直接、おうかがいにあがったわけですよ」

ことさらにらむわけでもなく、ただじっと相手を見据えて、一生は続けた。

わずかに顔をしかめてから、近澤がいかにもわざとらしい笑みを浮かべてみせる。

「こりゃまた…、子供のケンカに親が出てくるとは、鳴神さんのところはずいぶん過保護じゃねぇか。その程度の行き違いはよくあることだと思うがね」

ことさら驚いたふりで、顎を撫でながら近澤が笑う。あからさまな挑発だった。

確かに、末端の子分のいざこざにわざわざ組長が出てくるようなことには、普通ならないのだろう。

「だいたいまだ若いアンタには、ちょっとばかり鳴神のシマは荷が重いんじゃねぇのか？経験もほとんどないようだしな。このあたりはうちに任せてもらっても問題ないと思うがねぇ？」

いかにもな皮肉と嘲笑。

「だからこそですかね」

しかし顔色一つ変えず、一生はさらりと返した。

「何も知らない今だからこそ、何をやっても経験になりますからね。少々のオイタは神代会の幹部も大目に見てくれるでしょう。ですから、今のうちに多少の無茶をやってみるのもいいかと思っているんですよ」

「何……？」

落ち着いて続けた一生の言葉に、近澤がわずかに息を呑んだ。にらむような、忌々《いまいま》しげな目で一生をにらんでくる。

多少の無茶、というのがどういう意味なのか。どこまでのことなのか、を推し量っているのだろう。

最悪、抗争になっても、ということであれば、どちらにとっても相当な覚悟が必要になる。

もちろんこの程度のことで、普通に考えればあり得ない。が、分別のない、業界の掟にもまだ不案内な一生なら、と思わせる脅しだ。むしろ、それを逆手にとっての。

「先代のオヤジからは好きにしろという教えですからね。オヤジも若い頃はかなり無茶をやったように聞いてますし。俺もどのあたりまでなら許容範囲なのか…、それを確かめる意味でも、今回のことはいい基準になるのかもしれませんね」

そんな一生の言葉に、近澤が低くうなる。鼻の穴が膨らみ、こめかみのあたりがわずかにヒクついていた。

「どういうつもりだ、てめぇ…。ふざけたコトをほざいてんじゃねぇぞっ、このクソガキが！　いい気になりやがってっ」

今まで作っていた笑顔は完全に消え、うわべだけの慇懃さもかなぐり捨てて恫喝してくる。

唾《つば》を飛ばしてわめく男を正面から見つめ、一生はぴしゃりと言った。

「オヤジは死んだが、鳴神が死んだわけじゃない。勝手な真似ができると思ってもらっちゃ困りますからね」

「組長」

と、その一触即発の状態の中、秀島がいくぶんいさめる調子で——もちろんそういうポーズだけだが、穏やかに声をかけてきた。

そのトーンに、殺気立っていた場がわずかに気が削がれたように空気が変わる。

そしてまっすぐに近澤に向き直って、軽く頭を下げた。

「申し訳ありません。うちの若いのが痛めつけられたのを見てカッとなられたようで。まだ若いだけに血気盛んなところが抜けません。近澤の組長にしても、飛び跳ねた末端の若いヤツの行動まで逐一目を光らせているわけにはいかなかったんでしょう。ここは一言、近澤の組長から注意していただければ収まる話ですよ」

カッとなったというには、一生のテンションがずっと低かったことがかえって空恐ろしさを感じさせる。

だが実際、怒ってもいたのだ。本当に怒ると、一生はふだんよりさらに口数が少なくなる。

秀島の言葉は、要するに近澤の知らないところで子分がやったことだろうから、という、もちろんそんなはずはなかったが、矛《ほこ》を収める逃げ道を提示したわけだった。

「うちの組長は若い分、加減を知りません。ここは近澤の組長の器量で引いてやっていただければありがたいんですがね」

さらに脅しとおだての両刀遣いで秀島が押す。

鳴神の方から乗りこんだのだ。ここで相手が引かなければ、メンツが立たない。抗争になっても、という覚悟は、近澤にもわかっているはずだ。

近澤はしばらく一生と秀島とをにらんでいたが、やがて腹立たしげに鼻を鳴らした。

「……まァ、うちの若いのも先走ったところがあったんだろうぜ」

ヒクヒクと唇を震わせながら、吐き捨てるように近澤が言った。

それを認めさせれば十分だ。

「ご理解いただけてよかったですよ。……では、組長、このへんで失礼しましょう。夜分お騒がせして申し訳ありませんでした」

秀島がきっちりと頭を下げ、一生を先にうながすようにして歩き出した。

凶相でにらんでいた谷山が、渋々といった様子で応接室のドアを開ける。

「お見送りしろっ」

ついていた舎弟の一人に怒鳴るように言いつけ、若い舎弟がビクッと跳ね上がるようにして、こちらですっ、と先ほどのエレベーターへ先導した。

「く…組長っ」

「頭っ！」

外へ出ると、路駐していた車のところで落ち着かない様子で待っていた男たちがパッと走り寄ってきた。

「大丈夫でしたか？」

伊勢崎が息をつめるように聞いてくる。

「問題はない。組長がきっちり話をつけた。近澤のところがこれ以上、ちょっかいを出してくることはないだろう」

秀島の言葉に、伊勢崎が胸に手を立ててホーッと長い息をつく。

「よかったですよ…」

それはむしろ、シマの問題がなくなったことにというよりも、二人が無事だったことにだろうが。

「すいません…っ。俺…、その、ご面倒をおかけしてっ」

浜見が土下座する勢いでガバッと頭を下げてあやまる。

「別におまえの面倒じゃないだろ。……それよりおまえ、帰って傷の手当てをしろと言っただろうが」

わずかに目をすがめて言った一生に、すみませんっ、とさらに浜見があやまってくる。

堂々巡りにちょっとため息をついた一生の横で、秀島が財布から万札を数枚取り出して、運転手の男に渡した。

「おまえ、浜見と一緒に行って医者に診《み》せてこい。伊勢崎、おまえが運転しろ」

「あ、はい」

テキパキとした指示に伊勢崎がうなずき、思い出したようにリアシートのドアを開いた。

一生を先に乗せてから、秀島がその横に乗りこんでくる。

「つまらないことをしたんだろうな…」

頭を下げて見送ってくる若い二人をあとに走り出した車の中で、一生はポツリとつぶやいた。

実際、意味のないことだったんじゃないかと思う。リスクを増やしただけで。

それに秀島が静かに答えた。

「鳴神の組長がわざわざケンカを売るようなことじゃありませんが、今の一生さんでしたら、いいんじゃないかと思いますよ」

声のトーンはいつもと変わらなかったが、それでもどこか愉快そうな響きを感じる。

「今の俺だったら？」

意味を取り損ね、一生は首をかしげた。

「近澤に一生さんがおっしゃった通り、まだお若いですし、その分、無茶も許されますからね。年をとってからの無分別は物笑いですが、若い頃だと微笑ましいものですよ。まあ、神代会がそれを許すかどうかは実際、わかりませんが」

そんなもんか？　と思いながらも、一生は無意識に嘆息した。

「近澤がおとなしく引いたのも、結局は神代会の名前だろうな。それと、オヤジの名前と」

要するに、それなのだ。自分の力ではない。

「神代会に上納している分くらいは名前を利用させてもらっていいでしょう。オヤジさんの名前も、使って減るもんじゃありませんからね」

さらりと言われ、一生はちょっと笑った。少し気持ちが軽くなる。

本家へ帰り着いた時、すでに夜の十一時をまわっていた。

「食事はどうされますか？」

秀島が尋ねてくる。

「いや、いい。もう風呂に入って寝るよ」

首をまわしながら、一生は答えた。

夕食は政治家のタヌキオヤジと豪華な懐石《かいせき》を食べていたので——もっとも腹の探り合いであまり食べた気はしなかったが——とりあえず、腹は減っていない。

ただ気疲れがひどく、温かい湯の中で身体を伸ばしたかった。

「では、風呂の用意をします」

と、どうやら秀島が自分で準備してくれたらしい。

風呂を沸かし、一生の着替えをそろえて。

若頭がやるような仕事ではなく、部屋住みか、せいぜい樋口にやらせればいいようなことだが、律儀なものだ。

「本当に今日はお疲れ様でした」

準備ができました、と部屋まで呼びに来た秀島が着替えを持って風呂場まで同行し、そんな言葉でねぎらってくれる。

ああ、と一生は軽くうなずいて返した。

確かに疲れた一日だった。タヌキとの会談だけでも結構なものだが、そのあとにあの駆け引きだ。

「お背中、流しましょうか？」

どこかぼんやりと服を脱ぎかけていた一生は、そんな声に一瞬、言葉を失った。

ハッと、我に返るようにあわててシャツのボタンを外していた手を止める。正直、まだいたのか、という感覚だ。

「……バカを言うな」

ようやく息を殺すようにして、声を押し出した。

ドクッ…、と身体の奥で鼓動が大きくなるのがわかる。

からかわれているのか、それとも、……同情か、あるいはご褒美、なのだろうか？

「よく先代のお背中も流させていただきましたよ」

何でもないように言うと、秀島は自分のシャツを脱ぎ始めた。

だが、それとは意味が違う。……はずだ。

「どうぞ」

そしてためらいなくすべてを脱ぎ捨てると、平静なままにうながされ、まるで試されているようで、仕方なく一生はのろのろと自分の服を脱いでいった。

そうでなければ、手伝います、と言われそうで。

それでも男のたくましい裸体を見ただけで、反応しそうで恐かった。

ちょっとした旅館のような、家庭用の風呂としては広めの浴室に入り、一生はさりげなくタオルで前を隠すようにしてイスにすわる。

その背中に膝をついて、秀島がかけ湯をしてくれた。

身体をしっかりと温め、タオルで背中がこすられる。

「強くありませんか？」

「大丈夫だ」

強いて平静な声を出したが、震えていないか心配になる。少しばかりくぐもって響くのが、まだしもだろうか。

「今日の一生さんの判断はよかったと思いますよ。これで鳴神のシマに手を出そうと思っている連中の足元を止めることができますからね。組長が守ってくれることがわかれば、うちの舎弟たちも、強気に出ることができるでしょう」

「だったらいいけどな」

素っ気なく答えながらも、内心でホッとした。

よかった。少しは組のプラスになっただろうか。

「一生さんは…、きっちりと腹が据わってますよ」

背中で秀島が言う。

「何も知らないから、何でもできるだけだろ」

「一生さんは一生さんの信じるとおりになさってください。俺たちはそれに従うだけですから」

そんな言葉に、ふっ…と苦笑してしまう。

「俺に勝手をやらせたらどうなるかわからないだろうが」

そんな言葉を返しながら、ふいに男の手が直に脇腹から前へと肌をなぞるようにすべってくる感触に、一生は思わず息をつめる。

「なに……」

あせって無意識に身体をひねると、さらに密着するように男の胸に背中が引きよせられ、石けんにぬめる手が足のつけ根や下腹部を意味ありげに撫で上げた。

「リラックスしてください。発散させておくことも大切ですよ。まだお若いんですから」

肩口から、男の静かな声が聞こえてきて、さらにカッ…、と身体が熱を持った。

そんな言葉とともに、男の手が一生の中心に伸びる。

「おまえ…っ、——あ…っ…ん…っ」

すでにそれは恥ずかしく形を変え、さらに男の手の中でしごき上げられて、あっさりと硬く反り返してしまった。

泡だらけのもう片方の手が、丁寧に洗い上げるように胸のあたりを撫でまわし、やがて指先が小さな乳首を押し潰すようにしていじってくる。

「やめ…っ…、……ん…っ、は…ぁっ、あぁっ…」

そして中心を握った手が先端の穴を親指の腹でもむようになぶり、こらえきれずに一生は男の腕の中で身体をくねらせた。くびれが丹念に指先になぞられ、裏筋がこすられ、さらに蜜をこぼし始めた先端が爪の先でなぶられて、頭の芯が焼けつくように熱くなる。

「よせ…っ」

すぐにでもイッてしまいそうで、一生は思わず声を上げた。

「それは命令ですか？」

淡々と背中から尋ねられ、一生はハッと声を失った。

カラダは、どうしようもなく続けてほしいと思っている。

ぶるっと身震いし、しかし答えのない一生に、秀島はさらに手の動きを速くした。

「あっ…あっ…、あぁ……っ」

ろくな抵抗もできずにそのまま手でイカされ、一生は肩で大きく息を弾ませる。

「おまえ…、ずいぶん人が悪くなったな……」

そしてようやく、なじるようにうめいた。

「せっかくですから、俺も楽しませていただこうかと思っただけですよ」

静かに答えられて、小さく唇を噛む。

そう。別に悪いことではないのだろう。

秀島にしても、そうでもなければやってられないのかもしれない。

「俺をリラックスさせたいんだったら…、今度、稽古につきあえよ」

一生はあえて平静なふりで、息を整えるようにしながら言った。

「居合いですか?」

「ああ。立ち合いでもいいが」

「俺はもうしばらくやっていませんから…、一生さんの相手になるかどうか」

答えながら、一生の肩から湯をかけて石けんと、一生が恥ずかしく飛び散らせたものを落としてくれる。

「身体が覚えてるだろ」

まっすぐに向き合う相手とだけ対峙《たいじ》する空間が、一生は好きだった。

少なくともその時だけは、秀島は雑念に惑わされることなく、一生のことだけを考えてくれる。

そのまま後ろから髪が洗われ、その心地よさに身体が少し弛緩《しかん》した。

「おまえ…、女はいないのか？」

気怠い身体を男の腕に預け、目を閉じたまま、一生はぼんやりと尋ねる。

「今はいませんね」

さらりと答えてから、片腕で一生の身体を支えながら髪を丁寧に洗い流してくれる。

そして後ろで髪をまとめて水気を切った指が、何気ないように背筋をたどり、腰の間の深い谷間に入りこんできた。

「——ん…っ」

その気配に、びくっ、と腰が震えた。

かまわず男の指はいやらしくヒクつく襞をいじり、感触を確かめるようにしてから、淡々と尋ねてくる。

「うしろはどうされますか？」

聞きながらも、男の指は執拗にそこをなぶり、一生の腰は淫らにそれをくわえこもうとうごめいてしまう。

石けんにぬめる指がずるり…、と一本、無造作に差しこまれ、喉の奥で小さな声を上げて、一生はぶるっと身震いする。

折り曲げた指が引っかくようにして、一生のイイところを容赦なくこすり上げる。きつく唇を噛み、必死にこらえようとしたが、どうしようもなかった。

身体の奥で、ドクドクと血が沸き立ってくるのがわかる。じれったいような甘い疼きが、疫病のように腰から体中に広がっていく。

「……してくれ」

たまらず、男の腕に爪を立てるようにしてきつくつかみ、吐き出す吐息だけで、一生は答えた――。

◇　　　◇

この日の午前中、一生はひさしぶりに秀島に居合いの型を見てもらった。

父も昔はやっていたらしく、真剣――刀は家に何本かある。ヤクザの家に所持の許可が出るとは思えないから、形ばかりは誰か他の人間の持ち物なのだろうが。

もちろん家宅捜索が入れば、銃刀法違反に問われるはずだ。

だがどれも造りや拵《こしら》えはよく、刀を持つと、やはり気持ちが引き締まった。腹から声を出すと、さらに気が集中するのがわかる。

正座の状態から呼吸を整え、瞬時に膝を立て腰を浮かせて、刀を引き抜く。一連の流れで突き、薙《な》いで、刀を収める。その間、わずか十秒足らずだろうか。

秀島と二人で、交互に披露していく形の演武だ。正座からのものと、立った状態からの抜刀が組み合わされている。

芯の通った男の太い声や、力強い振りから発する風鳴りに背筋が痺れる。

その呼吸を感じ、合わせられる感覚がうれしい。

庭先でやったのだが、縁側から数人の舎弟たちが息をつめるようにしてそれを見学していた。

「いや…、初めてまともに拝見しましたが、すごいものですね…」

パチン…、と刀を鞘《さや》に収め、腰から抜いて正座した前に寝かせ、一礼して場を締めると、ようやく空気が緩み、樋口が感嘆したようにつぶやく。

他の舎弟たちも我に返ったように、ハーッと長い息をついた。

いくぶん興奮したように、「すげぇ」、「カッコイイ」と小声でささやき合っているのがかすかに耳に届く。

自分も秀島の型を観客の立場でじっくり見たかったな、と、一生もちょっと思った。

二人でやる張りつめた空気感も好きだが、やはり力強い秀島の動きを目に焼きつけたい。

一生にしても、今日は覚悟が必要な日だった。そのために、気持ちを静めておく必要があった。

汗を流してから着替えるのを、秀島が手伝ってくれる。

普通にダークスーツだったので着替えに困るわけではないが、隙がないかのチェックだろう。

そして、仕上げにきちんとネクタイを結んでくれる。

自分でもできないわけではなかったが、あまり得意ではない。いわゆる、まともな社会人としての経験がないからかもしれない。

「ああ…、マフラーをされていきますか？　今日は少し冷えるようですからね」

クローゼットを閉める間際、気づいたように秀島が尋ねてきた。

十一月の末。すでに初冬という季節だ。

午前中、庭へ出た時も、身が引き締まるような冬の空気を感じていた。

「ん？　ああ…」

何気なく答えて振り返った一生の首に、秀島がふわりと薄手のマフラーを掛けてくれる。

それに内心であっと思った。

渋めの、落ち着いた色合いの赤いマフラー。

昔…、大学の入学祝いにと、秀島がくれたものだった。留学先にも持って行っていたが、帰ってきてクローゼットの隅に放り出したままだった。

だがどうやら、秀島の方は忘れているようだ。

一生も特に何も言わず、連れだったまま車で本家を出た。

向かった先は鎌倉だった。神代会会長代行の別荘である。

この日は神代会の例会だった。

月寄り自体は、一生もすでに一度、顔を出していたが、この日の集まりは神代会の主立った組の組長が顔を合わせる大きな総会になる。

この会を乗り切って、初めて新しい組長として承認された、と言えるのだ。

逆にヘタを打てば、一気に鳴神のシマは巻き上げられる。

さすがに緊張で、肌がピリピリしていた。

「一生さんもスーツが似合うようになりましたね」

そんな一生の様子を察してか、秀島が何気ない言葉をかけてくる。

「そうか?　向こうじゃ、まともに着たことがなかったからな」

まだ着られているのではないかという感覚が拭えない。むしろ、着物の方が馴染みがあるくらいだ。

とはいえ、イギリスだと学生でもドレスコードが求められる場合は多い。大学の催しや式典などでは、ブレザー姿くらいはたまにあった。だが、卒業したあとはほとんど着たことがなかったのだ。

「どういう暮らしだったんです？」

気を紛らわせるためか、世間話のような問い。

「真面目に勉強してたさ。バイトも少しはやったしな」

「バイトですか…。どのような？」

「バーテンとかやったことがある」

「そうなんですか」

ちょっと驚いたように、ほう、とうなる。

本当に何もできないお坊ちゃんだと思っていたのかもしれない。

「そこそこは社会生活もしてたよ。それほど長続きはしなかったけどな」

一生は肩をすくめて返す。

「他にはどんな仕事を？」

「通訳みたいなことも多かったかな。ツアーじゃない個人客とか、学会に来た大学教授とかの」

「それはすごいですね。組の国際化の際には、先頭に立っていただけそうですよ」

冗談なのか、ちらっと笑うように秀島が言う。

「俺くらいなら蜂栖賀もしゃべれるだろ。まぁ、オヤジの三回忌が終わって向こうへ帰っても、組の迷惑にならない程度には生活できるだろうな」

何気なく言った言葉に、秀島が口をつぐんだ。

口に出してしまってから、一生も、あ、と思う。運転手もいるところで言うべきことではなかった。

いくぶん息苦しい沈黙の中、車は黒服の男たちに出迎えられて、日本家屋の広い別宅の門をくぐる。

平屋の玄関先につけられて、「ご足労様でした！」という野太い声とともに、出迎えの舎弟がドアを開けてくれる。

「鳴神の組長ですね？　お待ちしておりました」

相手の幹部らしい男が丁重に頭を下げ、一生に挨拶してくる。

さすがに無遠慮に品定めするような眼差しではなかったが、やはり鋭く、一瞬でいろんな判断をしたのだろう。

「ご無沙汰しております、秀島さん」

と、顔見知りらしく、秀島にも丁寧に言ってから、どうぞ、と中へ案内される。

すでに玄関先の下駄箱には黒靴がいくつもひしめき合い、係の舎弟が下足札を持って待ち構えていた。

純和風の相当に広い別宅で、黒光りするような廊下をかすかに軋《きし》む音を立ててゆっくりと歩いて行く。

「若頭はこちらでお待ちを」

と、一つの部屋の前で立ち止まって示され、秀島が一瞬、眉をよせた。それでも言葉を呑みこむようにして顎を引く。

じっと見つめてくる視線に、一生もそっと息を吸いこんでから小さくうなずいた。

ここからは一人になるということだ。いつまでも保護者を連れていけないことはわかっている。

それでもやはり、心許《こころもと》なさに足元が震えそうだった。

組長たちのトップ会談。おそらくは、自分の正式なデビューの場とも言える。

組長としての資質が試されるのだ。

一生はそのままさらに奥へと案内され、庭伝いに曲がった廊下を進んで、離れだろうか。突きあたった部屋の前で止まった。

「こちらです」

その声に、ビクッとしてしまう。

反射的に後ろを振り返ると、庭木の向こうで秀島が廊下に立ったまま、こちらを見つめているのが垣間見えた。

やはり不安なのだろう。

一生が、というより、一生の対応で鳴神組の評価が決まるのだ。気が気でなくて当然だった。

――きっちりとやりきらなければ。

刻みつけるように心に思う。

絶対になめられないように。ミスをしないように。

だがそう思うだけ、プレッシャーが大きくのしかかる。

「鳴神の組長がいらっしゃいました」

そんな舎弟の声に、心臓がキリキリと痛んだ。それでも静かに息を吸いこんで、一生は中へ足を踏み入れる。

旅館の大広間といった風情の広い畳間の奥の方に、左右に分かれて座椅子が並んでおり、三分の二ほどはすでに埋まっていた。

まだ空いている上座は、会長代行の席だろう。

案内の先触れに、ざわっと中がざわめいたのがわかる。一生に視線が集中した。

頬が引きつるのを感じながら、それでも「失礼いたします」となんとか声を押し出して一生は中へ進む。

「おう、鳴神の。どうだい、組長の居心地は」

「相変わらず細ぇカラダだな。何食ってんだよ」

「きっちり仕事がやれてんのかね…、えぇ？　なめられんだろ、そのツラじゃぁなァ」

「そりゃ、それなりのやり方があるんじゃねぇのか？」

口々に挨拶代わりの、当てこすりのような雑言が飛んでくる。

いちいち取り合うことはせず、席へつく前に、一生はとりあえず今いる組長たちに挨拶を返した。

「先日はおいそがしい中、先代の葬儀に足をお運びいただきましてありがとうございました。未熟ではございますが、今後ともよろしくお引き立ていただければと存じます」

型どおりを口にして、とりあえず末席に腰を下ろす。

ふっと、父がいた地位に昇るまでには何年かかるんだろうか、と考えてしまった。

もちろんそんな先まで組長を続けるつもりもないが、父がつかみ取った地位は跡目を継いだからといって息子がそのまま引き継げるわけではない。冷徹に、個人の実力なのだ。

十年や二十年では到底無理で、三十年をかけてもできないだろう。

この戦場で戦い抜き、何十年をかけて父がそれを築いたのだと思うと、さすがに身震いした。

「そういや、この間は一永会の近澤のとこ乗りこんだらしいなァ…。また派手にやってんじゃねぇか」

耳の早い誰かが、そんな言葉を投げてくる。

初めて聞いた組長も多かったらしく、おお？　と身を乗り出して確認するような気配で空気が揺れた。

「本当か、そりゃ？」

「まだまだやんちゃな盛りってことかね」

「勇み足じゃねぇのか？　いきなり乗りこむってのは…」

「乗りこんだわけではないですよ。たまたま通りかかったので、挨拶によっただけですから」

さらりと一生は返したが、当然、敵対する組に挨拶も何もない。

「最近、あっちこっちに押されて、あそこの組長もちっとばかりあせってるみたいだしなァ…」

「シマが複雑なあたりだろ？　しょっちゅう、小競り合いは起きてんじゃねぇのか」

そこここでそんな会話が湧いて出る。世間話の一つといったところだ。そのいいネタということだろう。

その間にも残りの組長たちが集まり、全員集まったところで会長代行が入ってきた。

神代会の会長はまだ存命ではあるが、ここ数年ずっと病院暮らしらしく、代行が実質的なトップになる。

「今日は鳴神が来てるんだったかな」

そんな言葉に、一生も末席からきっちりと頭を下げた。

「先日の先代の葬儀の際には、結構な弔辞をいただきましてありがとうございました」

「まぁ、あの鳴神の組長のあとじゃいろいろと大変だろうが、しっかり勤めてくれ。何かあったら相談してくれりゃあいい」

親切な言葉に、ありがとうございます、と礼を述べたが、もちろんそれを額面通りに受けとることはできない。

それから、二、三、連絡事項がまわされ、いくつかの議題で意見調整があり、少しばかり利益の対立する問題で代行が裁決する。

一通りの案件を片付けると、雑談的な話の流れは、やはり一生のことになった。

ある意味、今日集まった組長たちにしても、それがメインなのだろう。

「……しかし、大丈夫なのかねぇ。鳴神といやぁ名門だ。仕切ってるシマも多い。先代の実子とはいえ、こんな経験もない若造じゃなァ」

心配するふりで、実質的には貶《おとし》めている。あるいは、挑発だ。

「そうそう。俺たちも心配になるわな。ヘタに鳴神の足元がざわつくと、こっちへとばっちりが来ないでもねぇ」

「先代で保ってたような組だからな。死んだら浮き足立つのも当然だろ」

「引き締めがうまくいってねぇんじゃねぇのか？　だから、……ほら、さっきの近澤とかいうちんけなのにちょっかい出されるんだろ」

「手にあまってんだろ。まとめきれる力がなくてな」

口々にあげつらう声が上がる。

実際、年齢だけでも侮られるには十分だということは、身に染みてわかっていた。それに加えて、実際的な経験もまったくない。

「正式な襲名披露はまだなんだよな？」

「つまりまだ、組長代理ってくらいだろ」

「とてもアンタにそこまでの腹が据わっているようには見えねぇし、俺たちにしても承認するのはちと考えるよなァ？」

「恵さんだったか？　粋で、なかなか腹の据わった姉さんがいるんだよな。むしろ、そっちに跡目を譲った方がよくはねぇか？」

「ああ、それもアリだろ。まだ三十過ぎだよな？　出戻りっつーが、ありゃイイ女だよ。……だからさ、どっかに手頃な男もあまってんだろ？　三十、四十で業界のことがよくわかってる男がな。そいつに婿に入ってもらっちゃどうだい？」

「え？　アンタだってその方が肩の荷を下ろせて楽になれるんじゃねぇのか？」

本気なのか、単なる揺さぶりなのか。

まるで打ち合わせをしていたかのような、軽妙なやりとりだ。

実際に、いくつかの組の中で根回しはあったのだろう。一生の跡目襲名に横やりを入れ、うまく行けばどこかのバカ息子を恵のダンナとして鳴神に送りこむ。そして、一生の代わりにあとを継がせる。

そうでなくても、一生の組長としての資質にケチをつけ、現在の鳴神のシマを他の組へ分散させるように仕向ける。

……そのあたりを狙って。

言いたい放題に口にしながら、じっと反論を待つように一生に視線が集中する。

「どうしたよ、お坊ちゃん？　恐くて声も出なくなったか？」

にやにやと嘲ったのは、確か溝中《みぞなか》組の組長だ。

五十過ぎで、テカテカと何かを塗りつけたような髪を後ろに流した、小太りの男。

どうやら生前、父のことを目の上のたんこぶのように思っていたらしく、何度もポストを争ったと聞いていた。

そしてその都度、オヤジに負けていたわけだ。

息子の一生に対して、その憂さを晴らしたいのかもしれない。

一生はそっと息を吐いた。

「組長さん方の心配はごもっともですが、私としては、今後の鳴神の働きを見届けていただきたいと言うしかありませんね。私自身は若輩者ですが、うちの舎弟たちは父の下でやり方を見てきた者たちばかりですし」

「それじゃ、遅いっつってんだよ！」

強いて淡々と口にした一生に、溝中が吠えた。

「一永会あたりにシマを荒らされたあとじゃ、面倒になるだけだろうが。取り返すのにどれだけの金と時間とタマが必要になると思ってんだっ」

「ま、確かに、若いってコトは言い訳にゃならねぇからな。この世界じゃ、やるかやられるかしかねぇんだし」

顎を撫で、名久井《なくい》組の組長が肩をすくめるようにして口にする。

名久井は鳴神とは——少なくとも先代とは盃もかわしており、盟友だったはずだが、それでもこんな場でかばってくれるわけではない。

代行にしても、どこかおもしろそうに場を眺めているだけで、特に口を挟むそぶりは見せなかった。先代には、ずいぶんと目をかけてくれていたようだが。

本当に誰一人味方はいないのだと、背筋が凍りついた。

まわりはすべて敵なのだ。一人で乗り切るしかない。

「……では、私にどうしろとおっしゃりたいんでしょうか？」

いつの間にか乾ききった唇をなめ、一生は低く尋ねた。

そんな問いに、組長たちがおたがいの顔を見合わせた。

結局のところ、できるかできないか、というのはやらせてみるしかないはずなのだ。

「そんなことを聞いてくるようじゃ、まだまだ甘ちゃんだがな」

しかし千住の組長に鼻を鳴らすようにしてボソッと言われ、カッ…、と羞恥《しゅうち》に頬が熱くなる。

つまり、こちらから間違いなくできるという保証を提示しろ、ということだ。少なくとも、居並ぶ組長たちを納得させられるくらいのものを。

「そうだな…。まァ、なんつーか、覚悟を見せてもらいたいってコトなんだよなァ」

溝中がどこかのんびりとしたふりで口を開く。

「覚悟、ですか」

「結局俺たちにしてみりゃ、アンタが頼りなく見えるってことだよ」

他の組長も横から口を挟んでくる。

しかし覚悟と言われても——だ。

「まァ、こんな場合、鳴神さんは今まで必要なかったんだろうが、奥の手があってだな…。根回しに金か女かの付け届けで代用もできるんだけどな？」

誰かが冗談のように口にして、ハハハハ…ッと何人かの組長がそれに合わせて野太い笑い声を上げる。

「そうだよなァ…、今日はお坊ちゃんの顔見せにもなるんだしな。挨拶代わりにケツを貸してくれるって聞いたぜ？」

溝中がにやにやと下卑《げび》た笑みを浮かべて、一生を眺めてきた。

一生は思わず目を見開く。

「バカバカしい…」

吐き捨てるように言いながらも、ゾクッ…と背筋に怖気《おぞけ》が這い上がる。

冗談じゃない。

「なるほど、最近は金か女か、男でもイイわけだな」

「そりゃ、相手によるだろ」

「ケツを武器にできんのも若い時だけだろうしなァ…」

「昨今のヤクザの嗜《たしな》みってコトだろ」

「鳴神の組長は美青年ってヤツだからなー。オンナ並みに使える武器があると特だぜ」

そんなからかうようなやりとりがあちこちで広がり、成り行きを見守るように組長たちがおもしろそうに一生と溝中を見比べている。

「別に冗談で言ってるわけじゃねぇぜ？　アンタんとこの若頭も了承してることだしな」

さらりと言われて、一生は思わず声を失ってしまった。大きく目を見張る。

「秀島が…？」

了承──している？

一気に体中の血が下がったような気がした。まさか、と思う。

「こんなおキレイなツラの優男じゃ、いくら凄んだところで迫力はねぇし？　ヤクザとしちゃ他に使いようはねぇからなぁ」

言葉尻に乗るように、他の組長がにやにやと意味ありげに顎を撫でた。

「いやいや。顔とカラダが使えるだけいい跡目だろ。鳴神としちゃ、めっけもんだぜ」

「それでここにいる組長たちのコンセンサスってのがとれるんなら、安いもんじゃねぇのか？」

「そうだよなァ…、確かにここで天国を味わわせてもらえりゃ、そりゃ、俺たちみんなで鳴神の坊ちゃんを守ってやろうって気にもなるだろうぜ」

「男ってのは、そんなにイイもんかい？」

どこかの組長が、千住の組長に顔をのぞきこんで尋ねている。

「まぁ好き好きでしょうけどね。悪くないですよ。締めつけがぜんぜん違う」

どこかのんびりとした調子で、千住の組長が耳の下を掻きながら答えた。

「そりゃ、楽しみだ」

「鳴神のカワイイお坊ちゃんが腰を振って、オジサマに初体験させてくれるってワケか」

「キレーな顔してるからなァ…、口でおしゃぶりしてもらうのも楽しそうだぜ」

へらへらと笑って言いながら立ち上がった溝中が、一生の腕をグイッとつかみ、畳の真ん中へ力ずくで引きずり出した。

「ぶっかけてやりてぇツラをしてるよなァ」

嘲笑が背中から飛んでくる。

「な…っ、離せ…っ、クソやろうがっ！」

あせりと混乱で一生は思わず声を上げた。が、強ばった身体はふだん通りには動かない。男たちの視線が、それだけで一生の身体を丸裸にするようだった。一挙手一投足、表情の一つ一つが見つめられ、競りにでもかけられているような恐怖だ。

——本気、なのか……？

ゾッと背筋に冷たいものが走る。

本当に、秀島がこの連中に自分を差し出した、ということなのか……？

「いいかげんにしろ…！　代行の前でこんなおふざけは許されないんじゃないのかっ⁉」

無様に引きずられ、それでもようやく男の腕を振り払って、一生は声を荒らげた。

「おいおい、代行だってまだ枯れちゃいない。たまにはこういう趣向も楽しめるんじゃないですか？　ねぇ？」

同意を求めるように振り返った男に、代行がじっと窪《くぼ》んだ目を一生に向けて、はっはっ…、と声に出して笑った。

「まァ…、若い頃ほどの自信はないからな。今日のところは見せてもらうだけにしておこうか」

そんな落ち着いた、何でもないような言葉に、一生は一気に顔色を失った。

——こんなところで……、これだけの男たち相手に……輪姦《まわ》されるのか……？

「おい、おまえはどうなんだよ、千住の？　男のケツは慣れてんだろ？　味見してみちゃどうだ」

「俺はうちのに操《みさお》を立ててるんでね…。遊びで女は抱けても、男のケツは遠慮しときますよ」

千住の組長が耳の穴を小指でほじりながら、のんびりと返してきた。

「まァ、ただ、見せてくれるっていうんなら、喜んで見学させてもらいますがね。いろいろと参考になるかもしれねぇしなァ」

リラックスするように足を投げ出してすわり直した男の眼差しが、ただじっと一生を見つめてくる。

本当に助けてくれる人間はいないのだと、その恐怖が全身を包む。息が荒くなる。

——そう、秀島も、だ。

秀島が了承したなどと…、あり得ない、と思う。だが同時に、あるかもしれない、とも思った。

実際、秀島にしてみれば、組を守るためなら一生の身体くらい何でもないだろう。それで他の組の承認を得られるのならば、安いものだという感覚はあっておかしくない。

組を守るために、一生を抱くくらいだ。

つまり、自分の身体を差し出しているわけだ。

ならば、不本意な相手になる代わりに他の男たちにくれてやっても、秀島にしてみればちょうどよかったのかもしれない。

誰にされても悦ぶような淫乱だと――思っているのなら。

体中がガクガクと震えてくる。

「おい、どうしたよ？　恐くてチビりそうか？」

溝中が一生の顎に指を這わせ、いやらしく髪を撫でるようにしながら頭の上で嘲った。

「ほら…ッ、ケツ出せよっ、組長さんっ」

そして襟首をつかんで引き立たせようとした男の腕を、一生はがむしゃらに突き放す。

「離せッ…！　ふざけるなっ！」

到底、我慢できることではなかった。

そしてよろけた身体をなんとか持ち直すと、足元に倒れていた座椅子を部屋の真ん中に向かって蹴り飛ばす。

おっと、と近くにいた組長たちが、いきなり暴れ出した一生にあわてて距離をとった。

「おいおい…、なんだ？　逃げるつもりなのか？」

溝中があからさまに挑発してくる。

「てめぇらみたいなクソに貸すようなケツはねぇんだよっ！」

すでに冷静さは完全に失われていた。

感情的に、切れたようにそれだけわめくと、たたきつけるように障子を開け、廊下から庭へと靴下のまま飛び出した。

「えっ？　あっ、靴を——」

廊下か、隣室で控えていたらしい舎弟があせったような声を上げたが、かまわず一生はそのまま走り出す。

「なんだよ、ケツの穴の小せぇ組長だなァ、おい！」

嘲るようなそんな声と、重なるような笑い声が背中からいっぱいに聞こえてきた。

たまらなかった。

悔しさと、恐怖が全身を押し包み、ただ一刻も早くここから逃げ出したかった。

そのまま庭を突っ切って、並んでいる中になんとか待っていた車を見つけると、そのまま中へ飛びこむ。

「出せっ」

「あっ、えっ？　組長？　ど、どうされたんですか？」

運転手の舎弟が驚いたような声を上げたが、かまわず一生は叫んだ。

「いいから出せ！」

「えっ…、でも、頭がまだ」

「早くしろっ！」

「は、はいっ！」

シートを蹴りつけるようにして怒鳴ると、舎弟があわててエンジンをかける。

かなりのスピードで車が飛び出し、門を出てようやく一生は深い息を吐いた。

無意識に両腕がそれぞれの腕をきつくつかむ。

ふと気がつくと首のあたりが薄ら寒く、マフラーを忘れてきたことをようやく思い出す。

いや、マフラーどころではない。秀島をおいてきたのだ。

あんなふうに一生が逃げ帰ったあと、どれだけ他の組の連中からの嘲笑を浴びることになるのか、一生にも想像はつく。みじめに、ただあやまることにもなるのだろう。

とても顔を合わせられなかった。

昔、勢いで告白した時の比ではない。秀島の、メンツを潰したのだ。鳴神の名前に泥を塗った。

ガクガクと全身が震え出すのがわかる。

本家に帰り着いて、一生はただ隠れるように部屋にこもった。

もう何も考えられず、どうしらいいのかもわからなかった。

「一生さん」

どのくらいたった頃か、戸の外から秀島の呼ぶ声が聞こえて、ビクッと背筋が震えた。

「入るな！」

反射的に叫ぶ。

磨りガラスの向こうで男の影がしばらく迷うように揺れていたが、やがて静かに気配が消える。

落ち着くまでしばらくそっとしておこう、というつもりか、無理やり入ってくることはなかった。

ホッと息をついたが、それで何かが解決したわけではない。

眠ることもできず、時計の針に刻まれるように一生はその夜を過ごした。

もう、何も考えられなかった。全身から、力が抜け落ちていた。

やはり自分には無理だったのだ…、と。

それだけが痛いようにわかる。烙印《らくいん》を押されたみたいに。

やるべきではなかった。帰ってくるべきではなかったのだ。

後悔だけが押しよせる。

ただ、もうまともに秀島の顔を見ることができない気がした。

あんな正念場から逃げ出すような自分が、組長を続けていくこともできるはずがない。

眠れないまま、明け方近くになって一人で本家を抜け出していた——。

◇　　◇

「く…組長っ!」

ふいに、背中にあせったような叫び声を聞いたのは、一生が家を出て一週間ほどがたった頃だろうか。

夜も更けた飲み屋街だ。あたりには仕事帰りらしい酔っぱらったサラリーマンや、同伴らしい若いホステス連れの中年男、いかにもホストっぽいちゃらい男とこれ見よがしに腕を組んで歩く女、それに客引きらしい黒服の男たちが、道端でコソコソとサラリーマンや慣れてなさそうな学生をカモにしている。

どこにでもある、ありふれた光景だった。

だがさすがに、鳴神組のシマには近寄らないようにしていた。神代会系の、他の組の勢力が入っていそうなあたりにも、だ。

本家を飛び出して、一生はとりあえず鍵を持っていた組所有のマンションへ逃げこんだ。日本を離れる前の半年ほど、そこで暮らしていたのだ。

その時もやはり、秀島と顔を合わせないためだったな…、と思い返すと、冷笑してしまう。五年前からまったく成長がない。

他の誰かが住んでいる可能性もあったが、どうやら定期的に掃除などの手を入れているくらいで、決まった誰かが暮らしているようではなかった。おそらく短期の隠れ家のように使っているのだろう。それでも家財道具はそろっているので、ちょうどいい。

何をしよう、というつもりがあったわけではなかった。

ただ、逃げ出したかっただけで。

組長たちの、そして鳴神組の舎弟たちの、なにより秀島から向けられるだろう、侮蔑と落胆の眼差しから。

毎日、酒を飲んで過ごした。

ゲーセンやパチンコ、雀荘で時間を潰したり、夜の街をハシゴしたり。

薄暗い路地裏で、視界の端にヤバそうなドラッグを売買しているらしい姿を何度か見かけ、試してみるのもいいかもな…、と自堕落に思うこともある。

その末路がどうなるかは、嫌というほど見ていたはずだが。

そして男をあさることができるバーをいくつか見つけ、馴染みになった頃だ。

この夜も、そんな店へ行く途中だった。そろそろ相手を選んでもいいか、と。

いきなり飛んできた覚えのあるその声に、一瞬、ビクッと背筋が震え、しかし一生は聞こえないふりで早足に歩き出す。

パーカーのフードをしっかりとかぶり直し、デニムのポケットに手を突っ込んだまま、急いで通りを曲がる。

スーツでもない一生の姿は、おそらくどこにでもいる大学生くらいに見えるだろう。間違っても「組長」などと呼ばれる人間には見えないはずだ。

「ちょっ…、待ってくださいよっ、組長！」

しかしその高い声はしつこく追いかけてくる。

まわりの胡散臭《うさんくさ》そうな気配を肌に感じ、いらだったまま一生は裏通りに入りこんだところで足を止めた。

「組長！　組長ですよねっ⁉」

必死に追いかけてきたらしい男が、一生の前でぜいぜいと息を切る。

その襟首を、一生は容赦なくつかみ上げた。

「バカが…！　こんなところで組長組長叫ぶなっ」

叱りつけると、すいませんっ、とあせったように相手があやまってくる。

男は、浜見だった。

あの事件以来、妙に一生に懐いたらしい浜見は、部屋住みでもないのだが、時々、一生の運転手を買って出るようになっていた。年が近いこともあって、一生も気軽に使いやすく、たまにいろんなお遣いを頼むこともあった。

急にアイスでも食べたくなった時とか。暇つぶしの適当なＤＶＤとか。下着とか、制汗剤の類とか。樋口に頼むようなことでもない——頼むのを少しばかり躊躇してしまう、本当にちょっとしたものの買い出しなどだ。

たまに、庭先で飲むのにつきあってもらったこともある。

飲む相手に事欠くわけではなかったが、やはり秀島や樋口などとは年が違いすぎて、なんというか、同世代のバカ話みたいなものがちょっとできない。何も考えずに、リラックスして飲める相手はありがたかった。

それに浜見からだと、本当に現場の、末端の人間から見た街の様子を聞くこともできる。上の人間にはわからない空気感だ。

いつでも呼び出せるように携帯の番号は交換していたが、家を出てからは一度も連絡をとっていなかった。

——秀島とも、だ。

家を出たその日の午前中に、おそらくは一生がいないことに気づいてすぐ、秀島からは電話があった。

「初めから無理だと言ってるだろっ！　あとはおまえが好きにすればいい！」

どちらにいらっしゃるんですか、すぐにお帰りください、と例によって淡々と言われた言葉に、一生はたたきつけるように返した。

自分の不始末を丸投げするような、無責任な言い草だとはわかっている。

だがもう、自分にはどうしようもなかった。

そのまま電源を切り、二度と電話に出なかった一生に、秀島は日に一度、定期的にメールを送ってきていた。

夜の十時頃、決まった時間に。

返信はしなかったが、それをチェックするためだけに、一日一回だけ、一生は携帯の電源を入れていた。

内容は、だいたい同じだったけれど。

「一度お帰りください」、が初めの頃は中心で、あとになると、「食事はきちんとしていますか」というような問いかけ。そして、「少し落ちついたらお時間をください」と。

責める言葉は一つもなかった。だが、それがよけいにつらい。

だからあれ以来、組の人間に会ったのは初めてだった。

「組長っ、お願いですから…！　本家に帰ってくださいよっ」

浜見が一生の服をつかむようにして頼んでくる。

「今さら俺が帰ってどうなる？　鳴神の恥をさらしただけの男だぞ。オヤジの顔に泥を塗ってな」

それに冷笑した一生は、ふと通りかかった車のヘッドライトに照らされた浜見の顔を思わず凝視した。

「おい…、おまえ、ツラ、見せろ」

首根っこをひっつかむようにして、少しばかり明るい場所へ引っぱり出す。

浜見はあわてて顔を背けたが、目の下や首のあたりに青痣《あざ》がくっきりと残っていた。シャツの下には包帯も巻かれていて、もしかすると肋骨《ろっこつ》も折ったのか。

眉をひそめ、思わず険しく問いただす。

「やられたのか？　どこのヤツらだ？」

「いや、それが…」

言い淀んだ浜見に、一生はわずかに息をつめる。

「まさか、うちの連中じゃないだろうな？」

浜見が一生に近いというのは、本家ではそこそこ知られている。それでリンチでも受けたのかと一瞬、あせった。

「いえ、まさか！」

それに本当に驚いたように浜見が声を上げたので、ホッと胸を撫で下ろした。

「だったら…、またこないだの？　近澤のヤツらが手を出してきてるのか？」

じっと目を見据えて尋ねると、視線を漂わせながらも浜見がうめく。

「ええ、まぁ…、またちょっと調子に乗ってるみたいで」

「まだうちのシマで商売してるのか？」

「あれからしばらくおとなしかったんですけどね。それがここ二、三日、結構派手になってて…。それに組長のこと、腰抜けって言われたんで、つい」

「俺は腰抜けだよ」

やはり自分のせいらしい。

短く息をついて、一生は吐き出した。

「そんなことないですよ！」

「あるよ。一人じゃ何もできないガキだ」

「そりゃ…、誰だってそうでしょう」

「オヤジだったら、こんな無様なことにはなってなかっただろうぜ。オヤジが若い頃だってな」

「先代だって…、うしろにいる鳴神の舎弟を信じてたから強かったんだと思いますけど」

何気ないようにさらりと言われた言葉が、鋭く一生の胸をえぐる。

結局、そんな舎弟たちとの信頼関係が自分にはなかったのだ。

信頼されるほどのことを何もしていないのだから、当然ではある。

「ああ、そうだ。おまえ、本家に行って俺のパスポート、とって来いよ」

思い出して、一生は言った。

先のことは考えず、マンションの鍵と携帯、それに財布だけを持って家を出てきていた。

だがどうせ逃げるのなら、海外へ飛んだ方がいい。

「パスポートって…、何、バカなこと言ってんですかっ。お願いですから、組長、いっぺん本家へ顔を見せてください。みんな心配してるんですからっ」

そんな言葉に、ふん、と鼻を鳴らす。

「心配してるわけないだろ。問題になってんじゃねぇのか？　俺の不始末はな」

「それは……」

低く言った一生に、浜見が困ったように視線を逸らす。

それで答えとしては十分だった。

他の組からの笑いものになっているわけで、鳴神の幹部たちにしても苦々しく、その対処に苦労しているはずだ。

そんな噂《うわさ》が広まっているから、おそらく近澤の連中もまた動き始めたのだろう。

「おまえくらいだろ。わざわざ俺を探しにくるのなんて。だいたい秀島は俺の居場所、知ってんじゃないのか？」

あの男なら、一生が今どこにいるのかくらい、察しているはずだった。

昔暮らしていたマンションなど最初に探しに来そうなものだったが、それもないというのは、あきれ果てているのか、時間をおこうというつもりか、あるいはそんな時間もないということなのか。

「それは…、見当はついてるみたいでしたけど、無理やり連れ帰っても仕方がないって」

浜見がおずおずと口にする。

そんなところだろう。

「秀島は何をしてるんだ？」

何気ないように尋ねてみる。

「ええと…、頭は今、……あちこち飛びまわってて、すげぇいそがしくて。でも組長のことは心配してますよっ？」

言い訳のように口にする浜見に、一生は肩をすくめてみせた。

「わかってるさ。俺の尻拭いに奔走してんだろ」

言い訳にまわっているのか、あやまってまわっているのか。

嘲笑され、罵倒され、哀れまれ、どれだけの屈辱を受けているのか、想像するのはたやすい。

……自分の代わりに、だ。

それを思うだけで叫び出したくなる。

自分の情けなさと弱さに。

あるいは、秀島にしても思惑が外れたのだろうか？

一生の身体をエサに他の組長たちを懐柔できれば、二年後にはすんなりと自分が跡をとれる。神代会の組長たちの賛同を得て。よけいな争いもなく、シマも盤石なままで。

そんな計算があったのか。

いずれにしても、鳴神を守るためには何でもできるのだろう。

ただ秀島が期待していた以上に、自分がヘタレだったということだ。

だがこんなことになるのなら、ヘタな小細工をせず、初めから秀島が継いでいればよかったのだ。少なくとも、組の名前を汚すことはなかった。

「俺のことはもういい。破門でもなんでもして、組から縁を切ってくれ。もともと秀島が継げばよかったことだしな」

「組長！」

放り投げるように言い、腕にすがってきた手を一生は邪険に振り払った。

「いいから！　おまえはパスポートだけ、持ってこいっ」

「む…無理ですよっ。俺、本家の中をうろうろできる立場じゃないですしっ」

「どうにかしろ！」

おろおろと言った浜見にそう言い捨てると、一生は目についた地下鉄の入り口を足早に駆け下りた。

もうさっさと日本を離れよう、と思う。その方がいい。

だが確かに、浜見が本家に上がりこんで一生の部屋を探すというのは難しいのだろう。秀島がいない昼間に、一度本家へ帰ってとってくる方が早いか。浜見に、樋口が家を空けている時を連絡させてもいい。

そんなことを考えながら、ふと、引っかかることを思い出した。

いったんおとなしくしていた近澤組がまた動き出したというのは、一生の失態を耳にしたからだろうか？

浜見に「腰抜け」と言ったのであれば、そういうことなのだろう。

だがそれを、いったいどこから聞いたのだろう？

あの時いたのは、当然だが、神代会の幹部である組長たちだけだ。

近澤は、敵対する一永会の系列である。

もちろんあの時の状況が組長たちの口から下の人間に伝わり、それが漏れたという可能性もあるだろう。

だがそもそも、鳴神のシマを神代会の中で分けるなり、鳴神を乗っ取るなりするために鳴神の力を弱めたいのであれば、神代会の中で笑いものにすればいいだけの話だ。むしろ、外へはできるだけ出さないようにするはずだった。

数日前に浜見がやられたのなら、どこからか漏れて話が伝わるにしても、ずいぶんと早すぎる気がした。

微妙な違和感に、頭の中がもやもやする。

ヒマもあり、すぐに日本を出るつもりであれば、少々無茶をしたところでどうということもない。行きがけの駄賃みたいなものだ。

考えて、翌日から一生は、この間会った谷山という男を少しばかりマークしてみることにした。近澤組の若頭——いや、一永会の系列だと、同等の地位で「代貸《だいがし》」という呼び方になるだろうか。

近澤組の何人かに、一生はすでに顔を見られているわけだから、用心しなければいけなかったが、それでもあの時はきっちりとしたスーツ姿だった。デニムにパーカーなどという今の格好はかなりギャップがあり、髪もまとめてキャップの中に押しこんでいる。さらにダテ眼鏡をかけて、顔かたちというより雰囲気がまるで違って見えるはずだ。

とりあえず、女のところらしいマンションの駐車場で、隙を見て車に発信器を仕掛けた。居場所さえわかれば、あとは小回りの利くバイクか、目立たないようにタクシーで追いかける。

「絶対に本家の連中には言うな」

と、口止めした上、機材やバイクの準備は浜見にさせたのだが、「危ないことはやめてくださいよ」と泣きそうな顔で言われた。

二日目の午後、一生は谷山の車を追いかけて、あるホテルへ来ていた。

そのラウンジカフェへ谷山が入っていくのを横目にしながら、一生はそのカフェが見下ろせる中二階の踊り場へと上がっていった。

ちょうどモダンスタイルの生け花の展示会が行われていたようで、広い階段から踊り場にかけて、色鮮やかで、かなり大きな作品が展示されている。

それを見に来た若い客も多く、一生の姿がさほど目立たないのはありがたい。

その客に紛れるようにしてさりげなくラウンジを見渡すと、窓際の席に谷山が腰を下ろしているのが見えた。舎弟が一人、後ろの席に着き、もう一人、あたりを警戒するようにラウンジの入り口あたりで立っているのがわかる。

するとまもなく、ロビーを突っ切った二人連れの男たちがラウンジに向かっていくのに視線が引かれた。スーツ姿で、一見、社長と秘書に見えなくもない。が、やはり特有の匂いはあり、一生にしてみれば同業者だとわかる。

入り口で立っていた男が軽く黙礼するようにし、それにうなずいて二人はまっすぐに谷山のテーブルに近づいていった。

谷山が立ち上がって二人を迎えている。上役らしい男が谷山の正面に腰を下ろし、連れがその横に席をとる。

ちょうど谷山のコーヒーを運んできたウェイトレスに短く注文を出し、わずかに身を乗り出すようにして熱心に何か話し始めた。

金のやりとりのようなことはなく、時折笑みが浮かんでいるところを見ると、悪い関係ではなさそうだ。

さしずめ、悪党同士の悪巧みといった感じで。

相手の男に見覚えはなかったが、どこの組の人間だろう。

こんなところで会っているということは、おたがいの本家や、組事務所には出向けない相手――か。

話が聞ければよかったが、さすがにそれは難しそうだ。

柱の陰に隠れるようにして、一生は持ってきたデジカメでその男たちの写真を撮った。最近のは、小さなデジカメでも結構なズームにしてくれる。念のために何枚か撮ってから、先にホテルを出た。

そのあとも発信器の情報をたどってみるが、どうやら本家へもどったらしく、一生もこの日はマンションへ帰ってくる。何かがわかったという状況でもなく、とりあえずその写真を自分の携帯へ転送しておいた。

それからさらに二日ほど一生は谷山に張りついてみたが、特に変わった動きはなく、やはり意味はなかったのか？　と思い始めた時だった。

この夜――何かがあったというわけではない。

むしろ、なかったことが問題だった。

夜の十時。秀島からのメールの時間だ。

返信はしていなかったが、律儀にこの時間に送ってくるメールを、やはり一生は待っていたのだろう。

ほんのわずかに残されたつながりのように思えて。

しかしこの日、そのメールがなかった。

十一時になって、十二時近くになっても。

もちろん、何でもないのかもしれない。

秀島にしてもメールを打てないくらいいそがしい日はあるのだろうし、ただ単に……、もうあきらめたのかもしれない。一生のことを、見限っただけということもありえた。

しかし妙な胸騒ぎで、一生は落ち着かなかった。

迷った末、日付が変わる頃、一生は自分から浜見に電話を入れた。

『あっ、組長…』

電話に出た浜見は、明らかに様子がおかしかった。動揺が声に出ている。

「どうした？　何かあったのか？」

『え、いえ…、その……別に』

いくぶん険しく聞いた一生に、浜見がおどおどと言葉を濁す。

それだけでなく、浜見の後ろがひどくざわついているのに気づいた。

「おまえ、今、本家か？　秀島、何かあったんじゃないだろうな？」

嫌な予感を覚えながら、重ねて尋ねた一生に、えっ？　と驚いたような声が跳ね返る。

『ど…どうして……』

「何があった？」

しかし浜見の問いを無視して、一生はきつい口調で問い詰めた。

『それが…』

少しばかり場所を移る気配があり、浜見が観念したように口を開いた。どうやら、箝口《かんこう》令が敷かれていたらしい。

『その、頭と今、連絡がとれなくて』

一瞬、一生は絶句する。無意識に携帯を握る手に力がこもったが、強いて冷静に聞き返した。

「どういう意味だ？　伊勢崎が一緒じゃなかったのか？」

『それが伊勢崎さん、ひどくやられてて……、今病院なんですけど、意識がもどらないんですよ』

「伊勢崎が…？」

つまり襲われた、ということだ。秀島と一緒のところを。

「相手は？」

『それもわからなくて』

浜見が強ばった声で返してくる。

襲われて、秀島と連絡がとれない。

それがどういう意味か、最悪、何を示しているのか、嫌でも考えないわけにはいかなかった。

スッ…、と心臓が冷えていくのがわかる。

一生はそのまま携帯を切り、部屋を飛び出した。

走りながら途中でタクシーを拾い、まっすぐに本家へ乗りつける。

通用門のインターフォンを押そうとした時、車の停止音を聞いたのか、中から扉が開いて浜見が顔を見せた。

「組長！　よかった…」

どうやら電話をぶち切ってから、待っていたようだ。特に、帰るとも言ってはいなかっ

かる。

「あ、お、お帰りなさいませっ」

玄関先で、部屋住みの若いのが一生の姿に目を見張り、あせったような声を張り上げた。一生が硬い表情のまま玄関を抜けると、浮き足だった空気が屋敷中を包んでいるのがわかる。

「く…組長…っ？」

たが。

先に上がった浜見が、こちらです、と奥へ案内した。

家のどこへ行くつもりかはわからなかったが、無言のまま続くと、どうやら奥の集会室のようだ。三十畳ほどの和洋室で、大きなテーブルを囲んでびっしりとソファが置かれ、鳴神の中でのちょっとした幹部会などが行われる場所である。

浜見が扉をノックして、失礼しますっ、と声を張り上げる。

が、扉はすでにほとんど開きっぱなしだった。ノックは中の注意を引くためだけだ。

「組長がお帰りになりました！」

そしてほとんどノックと同時に上げた浜見のうわずった声に、中の喧騒《けんそう》が一瞬にして静まった。室内にいたのは、七、八人といったところだろうか。樋口を始め、真砂、蜂栖賀といった幹部たちだ。みんな立ったままで、いっせいにこちらを見る。

浴びせられるその視線が恐く、痛かった。

どんな目で、どんな思いで、彼らが自分を見つめているか、よくわかっている。

今さらどんな面を下げて、というところだ。

逃げ出したくせに。先代の顔に泥を塗ったくせに。鳴神の名を地に落としたくせに。

「お帰りなさいませ」

それでも、一瞬、口をつぐんだあと、蜂栖賀が丁寧に頭を下げたのに、次々と、お帰りなさいませ、と礼儀として頭を下げてくる。

どんな人間であろうと、盃をかわした以上、一生が親なのだ。この世界では、子が礼を尽くさないわけにはいかない。

だが、認められている、ということとは別だった。

明らかに何か言いたげな目を向けてくる男たちもいる。

だが今は、自分に向けられる不満にかまっている状況ではなかった。

「秀島と……、連絡がとれないって?」

低く、息を殺すように正面の蜂栖賀に向かって尋ねる。

「はい」

さすがに引きつった表情で、蜂栖賀がうなずく。だが、冷静ではあるようだ。

「どうやら、連れ去られたようです」

その当然行き着く結論に、一生は思わず声を上げていた。

「頭を拉致られるってのはどういうことだ！」

「申し訳ありませんっ」

激しい叱責に、蜂栖賀を始め、何人かがいっせいに頭を垂れる。きつく拳を握りしめて。

舎弟たちにとってみれば、組の若頭が拉致されるなどと、とんだ恥さらしと言える。隙があり、守り切れなかったということなのだ。

そうでなくても、今の鳴神組は秀島がいなければとても組として立っていけないだろう。

そのことは鳴神の組員たちだけでなく、おそらく業界の人間なら誰しもが察していることだ。

だからこそ、狙われたのかもしれないが。

「頭は…！　組長の後始末にまわってたんですよ!?　溝中の組長が、次の幹部会で鳴神を神代会の幹部から外そうっていう動議を出すつもりだとかで、その話し合いに呼ばれたんです！　アンタを組長から下ろすか、神代会の幹部を外れるかっていう二者択一を迫られて、それでも頭はどっちも呑めないってね！」

しかしそんな中、中橋《なかはし》という五十前の古参の幹部が、明らかに一生を責める口調で声を荒らげた。

年長者だけに、一生だけでなく、他の連中にとってもお目付役のような男だ。ふだんから、平然と苦言を口にしている。

「結局、俺のせいというわけか…」

わかってはいたことだが、一生は低くつぶやき、無意識に唇を噛んだ。

「頭に何かあったら、どう責任をとられるつもりですッ？」

さらに重ねるように、中橋が迫ってくる。

「秀島に万が一のことがあったら？」

それにふっと眼差しを上げて、一生は息をつめた。

……とても、考えたくない。だが。

「その時は、恵にあとのことは任せるさ」

低く、一生はつぶやくように口にする。

「なっ…」

それに中橋が絶句した。

「それでアンタは、また優雅に海外へでも行こうってわけですかっ？」

軽蔑したように吐き出された言葉に答えるわけでもなく、一生は自分に言うようにかすれた声で口にした。

「秀島が死んだら…、俺には刀を一本だけよこして破門にしろ。組長を破門ってのも前代未聞だろうが、そうでなけりゃ、組ぐるみで人殺しになるぞ。必ず、やったヤツは引きずり出してやるよ。他の誰にも手は出させない。おまえらにもだ」

決して、わめくような口調ではない。それこそ真剣で斬るような鋭さ、冷たさで、一瞬、何かに呑まれたように部屋中が静まり返る。

凍ったような視線が集まる中、一生はとりあえず蜂栖賀に向かって説明を求めた。

「それで、どういう状況だ？」

それに蜂栖賀が隣に立っていた真砂に視線を送り、代わりに真砂が口を開く。

「それが…、頭は今日の七時過ぎに溝中の親分に会うために本家を出られたんです。伊勢崎と、運転手に芳川《よしかわ》を連れて。それが、八時半頃になって伊勢崎たちが工事現場でやられてるって連絡があって、あわてて迎えに行ったら、その時には頭の姿だけ、なかったんですよ」

「連絡っていうのは？」

「あぁ、それはちょうどその現場に入ってた日雇いの男なんですが、伊勢崎の顔を知っていたようでしてね。前にちょっと世話になったとかで。それで、警察じゃなくてうちに直接、連絡を入れてきたんですよ。今日は工事のあと、たまたま忘れ物を取りにもどったら、ちょうどもめてるところに行き会わせたらしくて。そうじゃなきゃ、伊勢崎たちも殺されてたでしょう。鉄パイプで容赦なく殴られてましたからね。相手は、車の外に出てただけで四、五人。車は二台。男が声を上げたんですぐに車で逃げたようなんですが、おそらくその車に頭が乗せられてたんじゃないかと思います」

「二人は無事なのか？」

わずかに眉をよせて、一生は確認した。

「今のところは。一時、かなりきわどかったようですが。今、病院です。ただ、そんな状態なんで、二人に話は聞けないんですよ」

横から樋口が答えたのに、一生はうなずいた。そして、続きをうながす。

「それで？」

今までただあわあわしながらここに集まっていたわけではないだろう。

それに、蜂栖賀が口を開く。

「溝中の組長には、一応問い合わせをしました。ただ、話し合いに頭を呼んだのは確かだが、あちらの本家には来ていないと」

——どうせ逃げたんだろうよ。組長と同じで。

そんな言葉で、せせら笑ったらしい。

溝中の顔は一生も覚えていた。あの時の例会でも、執拗に絡んできた男だ。

「若いのを現場のまわりに走らせて、逃げた二台の車っていうのを探させてるんですが、車種もはっきりしないんでちょっと難しいかもしれませんね」

真砂が渋い顔で顎を撫でる。

「明らかに待ち伏せしてたんだ！　計画的なもんなんだよっ！　今、頭がいなくなれば、鳴神を潰すのは簡単だからなっ」

幹部の一人が切迫した声を上げる。

「ええ。だとすると溝中が怪しいんですが、……けれど、溝中が自分のところの舎弟を動かしたふしはないんですよ」

蜂栖賀が目をすがめるようにして、静かに口を開く。

「確かに、あの男が簡単にネタが割れるような手で仕掛けてくるとも思えねぇしな…」

真砂が顎に手をやって、うめくように続けた。

その指摘に、一同が一瞬、口をつぐみ頭の中で考えを巡らせた。

その間にもあちこちで携帯が音を立て、次々と報告が入ってくる。が、かんばしいものではないようだ。

打つ手がなかった。警察に訴えれば、付近の防犯カメラや何かから手がかりを得ることができるのかもしれないが、さすがにそれはできない。

「鳴神を潰したい連中は多いだろうが…、他に直接、秀島を狙ってきそうなところはないのか？」

乾いた唇をなめ、一生は一同を見まわしてあせりを押し殺すように尋ねた。

それに、短くため息をついて真砂が答えた。

「正直、多すぎますね…。オヤジさんにはかなり煮え湯を飲まされた溝中はもちろんですが、他にも神代会の中でうちが潰れりゃ、その代わりに成り上がれる組はいくつもある。外でも、シマを争って小競り合いしてるところはいくつかありますし。一永会とか、美原《みはら》連合とか。ただ、そういうところがいきなり頭を狙いに来るとはちょっと考えられないですけどね…」

言いながら、真砂が首をひねる。

と、いきなり後ろで、あっ！　と浜見が声を上げた。

「こないだの…！　近澤のヤツらじゃないですか⁉　こないだ、頭たちが乗りこんでったのを恨んで、それで頭を…っ」

「それだけでか？　ちょっとばかし、リスクが高すぎねぇか…？」

納得できないように、真砂が額に皺《しわ》をよせる。

確かに、うっかりすれば鳴神どころか、神代会を敵にまわして戦争することにもなりかねない。

と、一生は思い出した。

「そういえばこの間、近澤の代貸がホテルで会ってた男がいるんだが…、こいつ、同業者だろう？　知ってる顔か？」

聞きながら、一生はポケットから引っぱり出した携帯に先日ホテルで撮った写真を呼び出すと、正面に差し出して見せた。

真砂と蜂栖賀が左右からそれをのぞきこむ。

「こいつ、須藤《すどう》じゃないですか？　溝中の組長のとこの若頭の」

と、すぐに真砂が反応した。やはりヤクザとしてのキャリアも長く、もともと蜂栖賀よりはあちこちの組事情に通じている。

その声に、他の幹部たちも頭をつっこんできた。

「そうだな…、間違いない」

横で樋口もうなずいた。そして一生に向き直る。

「組長、どうしてこんな写真を？」

「いや…、たまたま見かけただけだが」

細かく説明するのも面倒で、それだけを答える。

「どういうことだ？　溝中の若頭が一永会の傘下になる近澤の代貸と密会してたってことか？」

真砂が難しく眉をよせてうなった。

なるほど、と蜂栖賀が低くつぶやいた。

「つまり、溝中の組長が近澤組の連中にやらせた、ということじゃないでしょうか？　うちが潰れたら、そのシマの何割かは間違いなく溝中のシマに組みこまれる。もしくは別の、息のかかった男を新しい組長に送りこんでも同じことです。鳴神のシマは食い荒らされる。

近澤は以前から、隣接している鳴神のシマを欲しがっていたわけですから、それをエサにしたんですよ。鳴神のシマが溝中の手に入れば、欲しい場所を近澤に譲る、という密約ができてるんじゃないでしょうか」

その指摘に、思わずため息のような、うめき声のようなものが、それぞれの口からいっせいにこぼれた。

「ありそうなことですね…」

樋口が低くうなる。

「ただ問題は、それが正しいとしても、今、頭がどこにいるのかがわかるわけじゃない」

真砂が悔しげに拳を固め、テーブルを殴るようにして吐き出した。

確かに、その通りだ。

「早くしないと…！」

いつになくあせるように、蜂栖賀が前髪をかき上げ、いらだたしげに口走った。

だがそのあせりは、誰よりも一生が強かった。

どういう状況にしても、連中が秀島を生かしておく意味はない。間違いなく殺す気でいる。ただ、それを事故死に見せかけるつもりか、見せしめとしてひどい殺し方をするつもりか。あるいは浜見が言ったように、この間、恥をかかされたことの報復として、なぶり殺しにするつもりか。

わざわざ連れ去ったとしたら、その殺し方の問題くらいだ。

ゾッ…と背筋を冷たいものが這い上がる。

今——どこにいるのか。

「じ…事務所！　近澤の事務所に乗りこみましょうっ！」

なかばヒステリックな調子で、浜見が叫ぶ。

そこにいるとは思えないが、そうするしかないのかもしれない。

と、思った時、あ、と思い出す。

「携帯…！　よこせっ！」

樋口が持っていた携帯を、一生は奪い返すようにして手元に持ち直す。

そして急いで、一つのアプリを呼び出した。

「何ですか？」

身を乗り出すようにして、真砂が尋ねてくる。

「GPS。谷山の…、近澤の代貸の車に発信器をつけている。——これだ。動いてる…！

かなり遠くへ行ってるようだな」

「発信器？」

真砂が目を見張ったが、それ以上は聞かなかった。

確実ではない。だがこんな時間に街中ではなく郊外へ動くというのは、……秀島を拉致している場所へ合流する可能性は大きいように思えた。

「どちらの方向ですか？」

「房総の方だな」

冷静に蜂栖賀に聞かれ、一生は地図を目で追いながらそれに答えた。

蜂栖賀が自分のタブレットを持ち出してテーブルにおき、ソファに腰を下ろして地図上で位置を確認する。さらに別のデータを素速くめくって、何かを確認したようだ。

「その先に溝中の組長の別荘があるようですが…、もしかしたら、そこじゃないでしょうか？」

蜂栖賀の言葉に、真砂が首をひねる。

「溝中が自分の別荘を使わせるような、危ない真似をするかね？」

「近澤にしてもバカじゃなければ、自分だけがリスクを負うことはしないでしょう。監禁場所くらいの条件は出したのかもしれませんよ。それに確実に殺す気なら、たいした問題にはなりませんしね」

蜂栖賀の冷静な指摘に、全身に鳥肌が立つ。

だが次の瞬間、一生は壁の刀掛けにかかっていた刀に手を伸ばした。

黒石目の鞘塗りに、朱色の下げ緒がよく映えた拵えのものだ。柄巻きにも差し色のように同じ色が混じっており、刃渡りは七十四、五センチばかりだろうか。

それをつかむと、無言のまま部屋を出る。

「ちょっ…！」

「な…、組長っ⁉」

あせったような声がいくつか上がったが、一生は振り返って肩越しに言った。

「おまえらは来なくていい。騒ぎにするとまずいだろう」

「一人で行かせるわけにはいきませんよっ。車、出します！」

真砂がバタバタと一生を追い抜くようにして走り出す。

「あっ、おい、待てっ！　――おい！　若いのを集めろっ！」

中橋があわてたように野太い声で、浜見に命令を出す。

「真砂…！」

思わずといったように蜂栖賀の腰が浮くが、それにいったん足を止めた真砂がぴしゃりと言った。

「千郷、おまえは来んなっ！　留守番してろ！　来ても足手まといだっ」

残酷なほどにきっぱりとした言葉に、さすがに蜂栖賀の動きが止まる。

「おまえはここで場所を指示してくれ。樋口、おまえもここを頼む。本家を空にするわけにはいかないだろ」

一生もそう言うと、唇を噛むようにして、蜂栖賀がわかりました、とうなずいた。

「どうか…、お気をつけて」

樋口も息を吸いこんで、蒼白な顔でそれだけを言った。

まっすぐに玄関へ向かった一生の後ろから、途中で寄り道していたらしい真砂が追いかけてくる。どこに隠してあったのか、片手には銃が握られていた。弾の箱を片手で開け、ポケットに予備の弾倉《マガジン》と弾を突っこんでいる。

バタバタと舎弟たちが庭先を走りまわり、二、三台の車にエンジンがかけられる。

先頭の一台に一生はさっさと乗り込み、真砂が助手席へすべりこんだ。あとを待つことなく、出せ、と命じる。飛ばせ、と。

動き出してしばらくして真砂の携帯に蜂栖賀から連絡が入り、一生が置いてきた携帯のGPSで、対象の車が止まったことを知らせてきた。やはり溝中の別荘らしい。

「クソ野郎が…」

真砂が低く吐き捨てた。

しかし相当なスピードですっ飛ばしていたので、あっという間にパトカーのサイレンが遠く聞こえてきた。わずかに顔をしかめ、一生は真砂に命じる。

「中橋たちが追いかけてきてるんだろ？　ブロックさせろ」

はい、とうなずいて、真砂が携帯で連絡をとる。

それが奏功したのか、まもなくサイレンは聞こえなくなった。

しかしおかげで、乗りこむのは二人だけになりそうだ。丸腰で運転している若いのを巻きこむのは気の毒だろう。

「悪いな、道連れで」

低く言った一生に、真砂が静かに笑う。

「なに、大丈夫ですよ。一人の人間を拉致るのに、十人も二十人もがついてることはないでしょう。せいぜいが四、五人かそこら、二人で十分です」

そう、秀島が生きてさえいれば。

もし——殺されていたとしたら、一生は単身で溝中のところへ殴りこみをかける。

あの男の喉笛を切り裂く。

もし、死んでいたら。間に合わなかったら。

考えるだけで、全身の血が凍りそうだった。

不案内な道だったが、真砂の携帯に蜂栖賀から的確な道順が示される。

やがてたどり着いたのは、海辺の高台にある別荘だった。昼間ならば眺めもよさそうだが、今は不気味に遠く、波の音が聞こえるばかりだ。

すでに二時をまわった時刻だったが、一つだけ家に明かりが灯っており、おそらくそこなのだろう。別荘地で、一番近い家でもかなり距離がある。

少し手前で車を駐め、運転手は残して、二人で建物に近づいていく。

ちらっとのぞくと、玄関前に車が一台止めっぱなしになっていた。確かに覚えのある、谷山の車だ。

真砂と視線で合図を交わし、いったん庭へ入りこんだ。きれいな芝生で、パターゴルフができるようになっているらしい。

サンルームか、リビングか、海側に一面、大きなガラス扉の部屋があり、今はどっしりとカーテンが引かれていた。ただその隙間からは、光がこぼれている。

何カ所かあったので、それぞれに近づいて中をのぞきこむ。

不安で、心臓がキリキリと痛んだ。

注意深く中を見まわし、思わず息が止まるかと思った。

部屋の真ん中あたりに、イスに縛りつけられた秀島の姿が見えた。上はシャツ一枚で、それもひどく破れ、ネクタイもない。髪もボサボサで、顔も相当に殴られた痕《あと》があった。額にも口元にも血がこびりついている。

だが、生きている。

ホッとした、とはいえ、目の前の光景はとても安心できるものではなかった。

そのまわりを三、四人のスーツ姿の男たちが取り囲んでおり、一人が手にした竹刀で、秀島の喉元を締め上げていた。

秀島の顔が赤黒くなるまで続けてからようやく離し、続けてシャツが裂かれた胸のあたりに二、三回、思いきり竹刀をたたきつけた。さらに腹や膝、まわりこんで背中や脇も容赦なく打ち据える。

その音に、一生は全身が総毛立った。竹刀の音に続けて低いうめき声と嗚咽《おえつ》が響き、無意識に自分の腕を、血がにじむくらいきつくつかむ。

ボソボソと扉越しにくぐもった話し声が聞こえてきた。

「まったく、いいザマだよなァ…、秀島」

にやにやといびつな笑みを張りつけて、正面にゆったりと谷山が近づいていく。

「あれだけコケにしてくれたんだ。そう簡単には死なせてやらねぇぜ?」

ねっとりと言いながら、谷山が横に手を伸ばすと、男が手にしていた竹刀を谷山に渡す。

谷山はその竹刀の先で、グリグリとえぐるようにして秀島の鳩尾《みぞおち》のあたりを突き上げた。

秀島が身体をのけぞらせ、瀕死の獣のような咆哮《ほうこう》を上げる。

「どうするかなァ?　手足をへし折って、目を潰して、耳を削いでやってもいいかもなァ。ヤク漬けにしてやってもいいんだが、どうせ殺すんならクスリももったいねぇしなァ…」

それを楽しげに眺めながら、谷山が思いついたように続けた。

「そうだ。今のおまえの無様な写真をあのカワイイお坊ちゃんに送ってやったら、どんな顔するだろうな?」

高笑いする男に、秀島が荒い息をつきながらゆらりと顔を持ち上げる。

「クズが…！」

そして一言、吐き捨てた。

一瞬、谷山の表情が強ばり、いらだったように手にしていた竹刀をふりまわして、秀島の顔と言わず身体と言わず、無茶苦茶にたたきつけた。

「てめぇさえいなけりゃ、鳴神なんざ、屁《へ》でもねぇんだよ！」

叫ぶとともに、自分が疲れたのか、竹刀を投げ捨てる。そして片手で無造作に秀島の髪をつかみ上げ、顔を上げさせて、ペッと唾を吐きかけた。

「あのクソ生意気な坊ちゃんにも、すぐにあとを追わせてやるよッ。なんだったら、うちの連中総出でたっぷりと可愛がってやったあとでな。それとも、ヤク漬けにしてアンアンあえがせてやろうかっ、ええっ⁉」

そんな男の言葉に、秀島が腫れ上がった顔で凄絶《せいぜつ》に笑ってみせた。

「うちの組長はな……、きさまみたいな……ゲス野郎が、手ぇ出していい相手じゃねぇんだよ……」

吐息だけでそう言ったあと、すさまじい眼差しで男をにらみつけた。

「あの人に……手を出してみろ…。きさまの腸《はらわた》…、引きずり出してやるからな…ッ」

その迫力におされるように谷山が息を呑み、ふっと一歩、退いた。

「な…、ど、どの口が偉そうなこと言ってやがるんだよっ！」

しかしあせったようにそうわめくと、おいっ、と顎をしゃくるようにして舎弟たちに合図を出す。

「もういい！　始末しろっ。これだけやりゃ、いい見せしめになるからな。あとは目立つ場所に放り出してやりゃいいっ」

そんな声に全身の血が逆流した。

限界だった。もうこれ以上、我慢できなかった。

左手にきつく刀を握りしめたまま、ちらっと真砂の顔を見る。

やはり蒼白な、表情をなくした顔で、真砂が軽く握った銃を持ち上げて見せる。数歩だけ後ろに下がり、一生にも下がるように手を振って指示する。

真砂が両手で銃を構えた。間違っても秀島に当たらないような角度で、パン、パン、と二発、続けざまに撃ち放つ。

パァン…！　と大きなガラスが砕け散る音は、ほとんど同時だった。

続けざまに、中からは動転した悲鳴のような、怒号のような叫びが聞こえてくる。

次の瞬間、一生は割れたガラスの破片を踏んで中へ飛びこんだ。

「ツァァァァァァァ――ッ！」

腹から湧き出す声とともにするりと刀を抜き放ち、素速く敵の位置関係を確認する。

左にいた男の顔面に鞘をたたきつけて足を止めると同時に、刀を泳がせるように横へ薙ぎ払った。すっぱりと襟元から肩までスーツが切り裂かれ、一瞬のちに鮮血が噴き出す。

ヒィィッ！　と甲高い悲鳴。

何が起こったのかわからないように大きく目を見開き、蒼白な顔で男が開けっ放しだった口から悲鳴を迸《ほとばし》らせる。そして、遅れて一気に痛みが来たのか、のたうつように床へ転がった。

「なっ…、てめぇ…っ」

もう一人の男があせったように銃を抜き出し、構えようとした手首を、返す刀で一生は跳ね上げた。

銃が床へ転がり落ち、ギャァッ！　と喉が潰れるような声が湧き上がる。

さらにその流れのまま、舞うように足をすべらせると、次の一閃《いっせん》で谷山の喉元へ刃先を突きつけた。

薄皮一枚を斬ったところで、ピタリ、と止めてやると、谷山が過呼吸のようにヒッ…、ヒッ…と息を吐きながら、ガクガクと顎を震わせる。

膝が崩れたように、その場で無様に床へ尻をつき、どうやら失禁しているようだった。

「た…助けてくれ…っ、こ……殺さないでくれ…っ」

だが、そのことに本人が気づいているのかどうなのか。

ただ顔をゆがめて命乞いをする。

「本当にクズだな…」

眉をよせ、吐き捨てると、一生はスッ…と刀を引いた。

その間には、真砂がもう一人の舎弟の肩をぶち抜き、さらに用心しながら廊下側への扉を開けて、他の気配を探っている。

遠くの方で、パンパン…！　と続けざまに発砲音が響いてくる。他にも何人かいたのだろう。

おそらくは仕儀の確認のために、溝中の方からも数人、よこしていたのかもしれない。

そちらも気にはなったが、何よりも秀島の状態が心配だった。

「秀島…！」

ぐったりとイスに張りつけられていた男に駆けより、一生はその脇へ立つと、刀の刃先をかすめるようにして縄を切った。一部が緩むと、刀を無造作に床へ突き立て、両手でむしり取るように縄を解いていく。

反面、縄が身体を固定していたようで、なくなったとたんにわずかに秀島の身体が傾《かし》いだ。あわてて、一生が両手で秀島の身体を支えるようにする。

「一生さん……」

秀島が目をすがめるようにして、確かめるみたいに一生を見つめてきた。

「大丈夫か…？　……悪かった。俺のせいだな」

まともに目を合わせられず、一生はようやく言葉を押し出した。

「いえ…、一生さんの責任じゃありませんよ。私が…、甘かったんです」

かすれた声で返しながらも、秀島が笑ってみせる。

「オヤジだったら、おまえにこんなケガを負わすようなことはなかったんだろうな…」

しかしそう思うとたまらず、きつく唇を噛む。

——と、次の瞬間。

「一生さん…！」

ふいに秀島の表情が変わったかと思うと、どこにそんな力が残っていたのか、片腕で一生の身体を押しのけるようにして自分の背中へ押しやり、それと同時に、もう片方の手がとっさに一生の突き立てていた刀を握った。

引き抜くと同時に、すわったままの姿勢から大きく一歩踏み込んだ秀島の腕が、鋭い振りで空気を裂く。

ビュン！　と風鳴りが耳を打ち、次の瞬間、ギャァァァァ！　とけたたましい悲鳴が上がった。

反射的に振り返った一生の目の前に、ぶわっと赤い血飛沫《しぶき》が飛ぶ。

どうやら谷山が、床へ転がっていた銃を拾い上げていたらしい。その銃を放り出し、両腕で顔面を押さえこんで、芋虫みたいに床でもがきまわっていた。

どうやら顔に、まともに刀を受けたようだ。

しかし同様に秀島も自分の身体を支える力がなかったようで、そのまま床へ倒れこんだ。足の骨が折られていたのかもしれない。

「秀島…！」

あわてて一生は男の側へ膝をつくと、肩を貸すようにして秀島の身体を抱き起こした。

「すみません、手間をかけさせてしまいましたね…」

片手の刀を杖代わりに、ようやくイスへ身体をもどすと、額に脂汗をにじませながら、ため息をつくように秀島がつぶやく。

「全部、俺の責任だ」

「一生さん、違いますよ」

悔しく、歯がゆく、申し訳ない思いでうめいた一生をいさめるように呼び、男の手がそっと一生の頬を撫でてくる。

それだけで泣きたくなった。

「——あ、頭…！　大丈夫ですかっ？」

そこへもどって来た真砂が、あわてて近づいてくる。

「ああ…、死ぬほどじゃない。それにしても……、ひどい有り様だな」

あたりの惨状を見まわして、秀島がため息をついた。

床は血の海で、男たちが苦悶に満ちたうめき声を上げている。

「まあ、どうせ片付けるのは溝中ですからね」

それにあっさりと真砂が肩をすくめた。

「では、やはり溝中が…？」

秀島が腫れ上がった目をわずかに見開いた。

「どうやらな」

一生がうなずく。

と、真砂が外に気配を感じたようで、用心しながら破れた窓へと近づいたが、すぐに緊張を解いて大きく声を上げる。

「こっちだ！　手を貸せ！」

どうやら警察をやり過ごし、追いついてきた鳴神の連中らしい。

一生もホッと息をついた。

「立てるか？」

「ああ…、服を汚してしまいましたね」

肩を貸そうとした一生に、秀島がふと、つぶやく。

その視線を追い、一生もようやく着ていたパーカーに、秀島のだろう、血の染みがついていることに気づいた。

「いいさ。パーカーくらい」

秀島が生きていてくれたことに比べれば、安いものだ。

……生きていて、くれたのだ。

身体に触れる男の熱に、重みに、ようやくじわり…、とそれが実感できる。

安堵《あんど》で倒れそうな気がした。それでも舎弟たちの手前、必死で持ちこたえていたが。

「今度プレゼントさせてください」

律儀に言われて、ああ、と一生は逆らわずに答える。そして、そのまま返すように言った。

「それより先にケガを治してくれ。……まだ俺の言うことを聞いてくれるんならな」

そんな言葉に、はい、と秀島がかすかに微笑んでうなずいた——。

◇　◇

この日、鳴神の本家に秀島への見舞客があった。

あのあと秀島はいったん行きつけの病院へ運ばれたが、内臓がいくぶん傷ついてはいたものの、基本的に骨折と打撲だったので、安静にしている限りどこにいても同じだとさっさと退院してきたのである。

入院していても、どうしても秀島に判断を仰がなければならない事案は多く、病室には舎弟たちが始終出入りすることになる。いくら特別病棟とはいえ、病院にしてもありがたい患者ではなく、渡りに舟でそれを認めたのだろう。

それならば、一人暮らしのマンションへ帰すより本家の方が手があるということで、こちらで養生することになったのだ。

本人はずいぶん恐縮していたが、仕事上も、他の舎弟たちにしても、その方がやりやすい。一生としても、ずっと安心だった。

そのため、懇意にしている同業者が時折、見舞いに訪れることがあった。

この日の客は、名久井組の若頭である佐古《さこ》という男だった。

ちょうど出先から帰ってきた時に、いらっしゃってます、と樋口に伝えられたので、一生もちらっと顔を出すことにしたのだ。

そうでなくとも、その日の仕事の報告がてら、日に何度か様子は見に行っている。

今、秀島が使っているのは、二階にある専用の客室ではなく、一階の庭の眺めがいい部屋にリクライニングできるベッドを入れていた。

畳の和室だったが、中央に絨毯を敷き、見舞客や舎弟たちの作業のために、ちょっとしたソファとテーブルもベッドの脇に置かれている。

一生が廊下を進んで部屋に差し掛かると、談笑する低い声が聞こえてきた。襖《ふすま》は開けっ放しだったので、一生が姿を見せると、佐古がきっちりと立ち上がって挨拶してくる。

「組長、お邪魔しております」

ああ、とそれに一生はうなずいて返した。

佐古は、秀島よりも十歳ほど若いが、質実剛健な雰囲気に似たところがある男だ。

「先日はずいぶん暴れられたようで」

そしてかすかに微笑むように言われて、一生は思わず顔をしかめた。

「うちの頭がやられたんだ。いばれる話じゃない」

言いながら、佐古の向かいのソファに腰を下ろす。きっちりとそれを待って、失礼します、と佐古がすわり直した。

「真砂と二人で乗りこまれたんでしょう？　日本刀を振りまわしたとか。きれいな切り口だったと聞きましたよ」

「誰にだよ？」

肩をすくめるようにして聞き返した一生に、噂ですよ、と佐古がさらりととぼけて答えた。

あの場には鳴神の人間と、近澤の連中、それにおそらく溝中の舎弟が数人いたくらいだ。それぞれに吹聴してまわれる立場ではない。

真夜中に結構な騒ぎだったはずだが、少しばかり周囲からは離れた立地だったせいもあり、通報はされなかったらしい。どんな「処理」がされたのかは知らないが、今のところ警察沙汰にはなっていなかった。

とはいえ、あの日、鳴神組がバタバタしていたことは他の組の耳目を引いたのだろう。

実際、溝中の別荘から下ったあたりで、いかにも胡散臭い車と何台かすれ違った。あんな時間、何もない場所で停車していた車もあり、あの時は気にかけている余裕もなく、そのままスルーしていたが、どこかの組が様子をうかがっていたのかもしれない。もしかすると、代行の組の人間か。

秀島たちが襲われ、相次いで病院へかつぎ込まれた話や、取りもどすために一生と真砂が乗りこんだあたりは、鳴神や近澤の下っ端あたりからだけでなく、病院関係者からも少しばかり漏れているのだろう。

「昨今、組長自ら立ち回りをすることはめずらしいですからね。武勇伝ですよ。飛び道具ではなく、日本刀というのもいい。ご年配の親分方は感心されているとか」

「どうだかな。この間の例会で、あれだけ恥をさらしたあとだ」

お愛想のような言葉を、一生は無表情なままに受け流す。

「ああいう場での対処は、場数が必要ですからね」

自分のところの組長から話は聞いているのだろう。佐古がさらりと言って、思い出したようにつけ足した。

「しかし、その件について明日、緊急の幹部会が行われるそうですが」

一瞬、息をつめ、無意識に拳を握って、ああ、と一生はうなずく。

あの嘲笑された時のことを思い出すと身がすくむが、今度こそ、逃げるわけにはいかなかった。

溝中との対決だ。行かなければ、事実上の欠席裁判になる。鳴神は終わるだろう。

「ご武運をお祈りしております。相手も死にもの狂いで反論してくるでしょうが」

基本的には鳴神と近澤との争いだが、その「現場」が溝中の別荘だったというのが、溝中にとっては痛いところだ。なんとか言い訳する必要がある。

それではお大事になさってください、と丁寧に言葉を残し、佐古が席を立った。

樋口を呼んで玄関まで送らせ、一生はそのまま部屋に残る。

「佐古はああ言ってましたが」

リクライニングを上げた状態で、秀島がベッドの上からため息混じりに口を開いた。

「助けが来ると信じてはいましたが…、あなたが来てはいけません。組長は本家で構えて待っているものですよ」

今さらにそんなふうに諌められ、一生はかすかに笑った。

「若いうちの特権なんだろ？　無茶をするのは」

「まぁ…、それはそうですが」

いくぶん体裁が悪いように、秀島が顔をしかめる。

「……でも確かに、一生さんが出られたおかげで、うちの組に結束はできましたけどね。下の者にとっても心強いですし、鼻も高い。意気が揚がってますよ」

そこまで考えていたわけではないが、前の浜見のことに続いて、「子」のために自ら命を張る、というのを実際に示すことになったのだ。

おそらく、例会を逃げたあとはかなり不信感を持たれていたのだろうし、やはり舎弟にとっても組長の不始末は恥だっただろう。

向けられる目が変わり、今はかなり熱いものを感じる。

と、ふっと秀島が厳しい表情で向き直った。

「明日、俺はご一緒できませんが」

「大丈夫だ。今度は逃げやしねぇよ」

静かに答えてから、一生は軽く目を伏せた。

「何だったら、ケツくらい貸してやるさ。別に減るもんじゃない。ま、仮にも一家持ちの親分が男に掘られてあえいでいるようじゃ、問題だろうけどな」

投げやりに、というよりも、……なんだろう。淡々と受け止めていた。それが必要なことであれば、やるのにためらいはない。

「一生さん」

秀島がいくぶん険しい口調で声を上げ、深く息を吐き出した。

「そんな挑発を受けて、ああいう場では、やらせるか、やらせないかは問題じゃありません。やらすにしても、かわすにしても、その過程が見られているわけですから」

一生は、ああ、とうなずいた。

今ならわかる。どれだけ腹の据わった対処ができるか、どれだけの覚悟が見せられるか、だ。中途半端だったのだ。あの時は。

身体を出すにしても、輪姦されるのではない。やらせてやる、くらいの強さが必要だった。

「代行もいらっしゃる初見の場で、通過儀礼のようなものですから、名久井の組長や千住の組長もあえて口は出さなかったようですが」

一生は、もう一度うなずいて返す。そうなのだろう。

そんな一生を、秀島がじっと見つめて言った。

「あなたが身体を使うことを、俺が了承していると言われたそうですね。それで動揺されましたか？」

静かな口調で、しかしこもるような、何かを抑えるような声。

明らかな怒りと非難をにじませた眼差しに、一生は思わず目を見張った。

「あなたは、そんな戯れ言を信じたんですか？」

「あ……」

そのまっすぐな目に、一生はようやくそれが嘘だったのだと気づく。

つまらない、バカげた嘘だ。

カッ、と身体が熱くなり、一生はとっさに視線を逸らせてしまった。

「俺が、あなたを売り渡すと思いましたか？」

しかし容赦なく厳しい口調で問われ、一生はようやく言葉を押し出す。

「組のためなら…、不思議じゃないと思っていた」

その一瞬に、怒気が膨れ上がったのを感じた。

殴られるかと思った。思わず身をすくめてしまう。

「組のためでも、俺があなたを売るようなことは絶対にありません。たとえ、組を潰したとしてもです」

ぴしゃりと言われ、一生はどうしようもなく頭を垂れる。無意識に膝の上で握った拳が小さく震える。

「すまない…」

見損なっていた、ということだ。あやまるしかなかった。

ふっ…、と体中の力を抜くように、秀島が息を吐く。

「俺は、必ずあなたが助けてくれると信じていましたよ。舎弟のためなら、きっちり命を張れる方だと。あなたがあんなふうに命をかけてくれる限り、俺たちは決してあなたを裏切りません」

「ああ」

静かな言葉に、一生はただうなずいた。

いつか浜見に言われたことを思い出す。

オヤジは、自分のうしろにいる鳴神の舎弟を信じていたから強かったのだと。

自分が信じることができれば、きっと強くなれる――。


翌日、行ってくる、と出がけに秀島のところへ立ち寄ると、お気をつけて、と静かに見送ってくれる。

「一生さん」

しかし思い出したように呼び止められ、何だ？　とベッド際までもどると、ふわりと首にマフラーが掛けられた。

あの日、例会の時に忘れてきたものだ。回収してくれていたらしい。

「お似合いですよ。まだ使っていてくださったんですね」

襟元やネクタイを少しばかり直しながら、何でもないようにさらりと言われて、一生はわずかに目を見張った。

覚えていたのだ――、と、胸が熱くなる。

幹部会の場所は、前回と同じく、鎌倉の代行の別荘だった。

さすがに緊張で気は張りつめていたが、心は落ち着いていた。

「今日はいいツラをしてるな」

ブリーフケースを片手に車から降りると、玄関先でちょうど行き会った千住の組長が一生の顔を無遠慮にのぞきこみ、ふーん？　と小さくうなる。

通された、やはりこの間と同じ広間には、すでにほとんどの組長たちが顔をそろえていた。溝中も、だ。

一生の姿にハッとしたように一同の視線が集中し、場がざわめく。

「……おぉ？　なんだ、この間はビビって泣いて帰った坊ちゃんが、またよく顔を出せたもんだなァ…！」

先制のつもりか、溝中がからかうような声を上げたが、どこかピリピリと緊張した気配を感じる。この間のような余裕がない。

「なにぶん不慣れなものですから、親分さん方の歓迎の意図をくみ取れず、先日はお恥ずかしいところをお見せいたしました」

腹に力をこめ、冷静に返した一生に、そこここからさざめくような笑いと咳払いが起きた。そして、ほぅ…、と意外そうなつぶやきと。

くっ…と溝中が憎々しげな顔で一生をにらみつけてくる。それでも笑うように唇をゆがめ、さらに挑発してきた。

「ほう…、だったら今日はケツを差し出す覚悟ができたってことかい？」

「そんなに溝中の組長に、俺のケツにご執心いただけるのは光栄ですがね」

一生のとぼけたような言葉に、何人かがおもしろそうに喉を鳴らす。

「残念ながら、うちの番犬に誰にでも尻を振るなと釘を刺されているんですよ。それに、俺はどちらかというと掘る方が得意ですから、よろしければ溝中の組長にテクニックをお教えしましょうか？」

上目遣いにしっかりと相手を見て、一生は微笑んだ。

倍ほども年の違う男に、明らかに掘ってやろうか、という脅しだ。

「なんだと…、ガキがいい気になりやがってっ！」

怒気を一気にまき散らし、座布団を蹴って立ち上がった溝中だったが、ちょうど先触れに代行の入室を告げられ、凶相で一生をにらみつけてから荒々しくすわり直した。

補佐を連れて入ってきた代行が上座へ腰を下ろすと、時代劇さながらに一同が礼をとる。

今回は問題があっての緊急の集まりということで、いつもの例会の手順ではなく、いきなり本題へと入った。

「聞くところによるとこの間、ちょっとした騒ぎがあったようだが…、説明してくれるかな、鳴神の」

穏やかな口調だったが、さすがにずしりと重い言葉だ。一気に身体に緊張が走る。

それでも一生は末席からわずかに代行へ向き直るように身体をまわし、丁寧に代行と、一同に向かってもう一度頭を下げる。

「このたびは、うちの不手際で皆様のお膝元を騒がせまして申し訳ありません」

「相手は近澤組だそうだな？　一永会の」

一人が確認するように声を上げる。

「はい。以前より、シマのことでうちとは少しばかりもめていたんですが、いきなり仕掛けてきましてね」

「おまえが先に組事務所に乗りこんだからだろ。つまり、それじゃシメきれてなかったわけだ。なめられたモンだよなァ…」

溝中がせせら笑うように口を挟む。

そちらに向き直って、一生はことさら慇懃に言った。

「そういえば、過日は溝中の組長の別荘をお騒がせしておきながら、お詫びもせずに申し訳ございませんでした」

そんな言葉に、溝中が苦虫を噛み潰したような顔をしてみせる。

「実は、近澤のヤツらがうちの舎弟を拉致して、なぜか溝中の組長の別荘へ運びこみましてね」

一生は一同の顔を見まわすようにして、おもむろに言った。

それがどういう意味か、組長たちも考えるところはあるだろう。

「ほう、つまり別荘を使わせるくらい、溝中の組長は近澤とは懇意な間柄だってことですかね？」

名久井の組長が顎を撫でながらとぼけたような声を上げる。

「うん？　どういうことだ、溝中？　説明してくれるか」

当然概要は耳に入っていたはずだが、いかにも怪訝そうな口調で代行が問いかける。

「待ってくださいよ！　そりゃ、確かに近澤のチンピラどもがうちの別荘を勝手に使ったのは、私の管理不行き届きかもしれませんがね。しかし、それで一永会と通じているなんて疑われるのは心外ですよ」

いかにもふて腐れたように、溝中が胡座《あぐら》を組み直す。

「では、おまえは近澤とは何の関わりもないと言うんだな？」

代行が念を押す。

「あたりまえでしょう！　バカバカしい…。連中が適当に押し入った先がたまたま俺の別荘だっただけですよ。まあ、それか、こないだのことを根に持って、どこかの誰かが俺をハメようとしてるのか……ですかね」

小指で耳をほじりながら、いかにもな口調で指摘した溝中の言葉に、組長たちがわずかにざわつく。

それもあり得る、という認識だろうか。

もちろん、どこかの誰か、というのは、一生への面当てだ。

しかし一生は冷静に返した。

「では、これはどう説明をされるつもりでしょうか？」

そう言うと、席の後ろに置いていたブリーフケースから大きめの茶封筒を取り出し、その中身を引っぱり出した。それを持って組長たちの列の間に立つと、真ん中の空いた畳にすべらせるようにして勢いよくばらまく。

一生がホテルで撮った何パターンかの写真をA5サイズほどに引き延ばし、数十枚もプリントしたものだ。

川のように連なって流れた写真に、うん？　と組長たちがそれぞれ手を伸ばす。

「な…っ」

溝中も席を立ってあわてて一枚つかみ上げ、一瞬に顔色を変えた。

「おい…、こりゃ、溝中、おまえのところの若頭だろ?」

「誰だ?　もう片方の小男は?」

首をひねって聞かれ、一生が淡々と答えた。

「近澤組の代貸で、谷山という男ですよ。騒ぎの時、溝中の組長の別荘にも顔がありましたし、かなりの手傷を負ったはずですが、……あれから姿を見ていませんね」

冷ややかな言葉は、あるいは消された可能性がある、という指摘だ。口封じにも。

「こりゃぁ、どういうことだ、溝中よ?」

組長の一人が、ドスを利かせた声でつめよる。

「こ…これは……、いや、俺は知らねぇ!」

顔色を変え、しかし往生際悪く溝中が声を上げる。

「ふざけんなよっ、てめぇ!　おまえんとこの若頭が近澤の代貸とつるんでるってことは、おまえが近澤とつるんでるってことだろうが!」

「節操がなさすぎるな。この面汚しが…ッ」

次々に罵倒の声が飛ぶ。

「違う!　これは……、そ、そう、捏造《ねつぞう》された写真なんだっ」

顔を赤黒くして必死に溝中がわめいたが、その言葉を信じる者はすでに誰もいなかった。

「溝中、しばらく外してくれるかい？　ちょっとこっちで相談したいんでな」

代行が落ち着いた口調で、しかしはっきりと命令する。

それを凝視し、溝中がわなわなと唇を震わせた。

それでも一同から冷たい視線を浴び、肩を怒らせて一生をにらみつけると、無言のまま襖をたたきつけるような勢いで部屋を出た。

一瞬の静けさのあと、一様に重いため息があちこちからこぼれる。

「……さて。あの男の処分を決めにゃならんな」

代行がやはりのんびりとした様子で口を開いた——。

◇　　　◇

先代の三回忌法要は、火葬場に行かないくらいで、二年前の葬儀とほとんど同じ手順で進んでいった。

一生にしてもとまどうことはなく、舎弟たちにとっても慣れた準備だ。

二年前の事件は、あのあと一生が口を挟むところはなく、後日、溝中組は解散させられた。傘下の組の一つがあとを引き継いだが、それでもシマはずいぶんと縮小され、漁夫の利を得た組もいくつかあっただろう。

近澤組の方は系列も違うので、さらに一生が直接的にどうこうできる問題ではなく、鳴神にも、おとなしくしてろ、というお達しが来ていた。

一永会の方でも当然、そのことは問題になったようで、神代会の上の方と手打ちがあったのだろう。

近澤組はあの日、谷山を始め、かなり兵隊を失ったらしい。いや、消息を絶ったのは谷山くらいのようだが、他の連中も闇医者へ放りこまれたあと、傷も治りきらないうちにコソコソと逃げ出したようだ。銃よりも刀の方がトラウマになるのだろうか。

上からの圧力もあって、近澤の組長は詰め腹を切らされ、近澤組は自然消滅する形でなくなった。

それから二年、一生はコツコツと組長としての役目をこなしてきた。

偉大な父の跡目とはいえ、父の偉業がそのまま引き継げるわけではなく、その地位が保証されているわけでもない。

若輩の身で、神代会からまわされる仕事も、下っ端の使い走りのようなものが多かった。信用も成果も、自分の手で一から積み上げていかなければならなかったのだ。

おかげで北海道から九州まで、かなり移動も激しかったが、体力はあるだけにそれはそれで楽しかったと言える。

たいてい秀島も同行していたので、いい思い出になるだろう。一緒に旅行などと、昔はとても考えられなかった。

解放感もあったのか、何度か旅先で身体を合わせた。本家にいる時は、せいぜいひと月に一度くらいだったが。

一生から求めることはほとんどしなかったが、秀島の方からきっかけを作ってくれた。

やはり仕事上で判断や対処に迷うことはあり、大きなストレスを感じる時もあって、そんな一生の精神状態を察してくれたようだ。

そんな献身的なサポートもあって、この二年でどれだけのことができたのかはわからなかったが、とりあえず会の中での立場を守ることも、シマの維持という目標も、なんとかクリアできたと思う。

三回忌は、ある意味、他の組長たちからの、その承認の場でもあった。

そして一生にとっては、卒業式のようなものかもしれない。

列席者は二年前とほぼ同じ顔ぶれで、しかし明らかに、二年前とは一生を見る目が違う。

二年前はただ新顔への興味と好奇心と様子見といった感じだったが、今はきっちりと相手を見た腹の探り合いというのだろうか。

一生自身、この二年の間にいくつか義理場はこなしていたが、やはり施主でもあり、気が張るのは同じだった。

「一生」

それでも淡々と精進落としの席で挨拶をこなしていると、いつの間にか側にいた恵に、軽く肘を引かれるようにして合図される。

一生がそちらへ視線を向けると、どうやら蜂栖賀が——というか、真砂が、だろうか、一人の組長と不穏な空気を出していた。

視線でうながされ、失礼いたします、と目の前の組長に断ると、恵がそつなく、そのあとで相手になっている。

そちらは任せ、一生は真砂たちの間に割って入った。

「峰岸《みねぎし》の組長。うちのに何か粗相がございましたか？」

淡々とかけた声に、蜂栖賀たちがハッとしたように場所を空ける。

「いや…、別に。鳴神さんはいい舎弟をお持ちだと感心していたところでね」

苦々しい様子で吐き出された相手の皮肉を受け流し、一生はそつなく酒を手にとった。

「それはありがとうございます。……一杯、お受けいただけますか？」

そんなやりとりの間に蜂栖賀たちは静かに場を外す。

申し訳ありません、と蜂栖賀があとで丁重にあやまってきたが、一生は、「バカを相手にするな」とだけ返した。

こんな場合の対処も、いつの間にか身についたということだ。

来てみると、あっという間の二年だった。

秀島に支えてもらって、なんとかやってこられたのだとわかっている。

組も落ち着いて、あとはもう秀島に任せて問題はなかった。

——終わったのだ、と思う。

安堵とも、淋しさともつかない思いがこみ上げた。

「秀島。終わったら上に来てくれ。話がある」

最後の客を送り出し、あと片づけに追われる秀島にそう伝えると、秀島もさすがに感じるところがあったのか、いくぶん硬い調子で、はい、と応えた。

先に二階へ上がった一生は、紋付き袴を脱ぎ、風呂を使うと、少し考えてからラフなデニムとシャツに着替えて男を待っていた。

秀島が上がってきたのは、それから一時間ほどがたった頃だろうか。

失礼します、と外で丁寧に声をかけてから部屋に入ってきた秀島は、一生の格好にわずかに眉をよせた。

風呂上がりであれば、ふだんの一生なら浴衣でいるのが普通だ。秀島にも、そんな感覚があったのだろう。

「まさかこんな日に、今から夜遊びに出られるつもりじゃないでしょうね？」

なかば冗談のように、しかしどこか怪訝そうに口にした男に、一生は苦笑した。

「この二年、ろくに夜遊びなんかしたことはないだろ。……まあ、その分、おまえがつきあってくれてたからな」

あえて何でもないような調子で言うと、一生はベッドの端に腰を下ろした。

「すわれよ」

そして顎でうながすと、失礼します、と秀島が奥へ進んでソファに身を沈めた。

「話、わかってるだろ？」

軽い調子で口火を切った一生に、はい、といくぶん硬く秀島が答える。

「三回忌までと、そういう約束だったな」

淡々としたその言葉に、秀島が膝の上で指を組み、まっすぐに一生を見つめて言った。

「はい。けれど、この二年で一生さんはきちんと結果を残しています。うちの舎弟たちの信頼も、神代会の幹部の評価も得ている。このまま続けていただくわけにはいきませんか？」

真剣な言葉。それが本心だということは、よくわかっていた。

――だが。

「無理だな」

一生は短く返した。

組長という、仕事——というべきなのか。立場は、やり甲斐はある。やればやるほど、難しくもおもしろくもなるのがわかってきた。

「子」に対する責任の重さを感じながら、秀島に支えられて、鳴神の看板を守る誇らしさも確かにあった。

だが、無理だった。これ以上は。

この男が全部、欲しくなる——。

カラダ、だけでなく。

望めば、ずっと支えてくれることはわかっていたが、……すでにそのことがつらく、胸を圧迫するようになっていた。

欲しくて欲しくて、たまらなくなる。

いいかげん、つまらないしがらみから解放してやるべきだとわかっているのに。

きっぱりとした一生の言葉に、瞬間、秀島が息を吸いこんだ。

そして長い息を吐いて、そっと目を伏せる。

「わかりました。一生さんに他にやりたいことがおありでしたら、俺が引き止めることはできませんが。……お力になれることがあれば、何でも、いつでもおっしゃってください」

そんな言葉に、一生はかすかに微笑む。

「律儀だな。鳴神とは関係のない人間になろうって男に」

「あなたを頼むと…、亡くなる前、オヤジさんには言われましたしね」

「オヤジか……」

一生はため息とともに、胸の痛みをこらえた。

やはり、オヤジの言うことが絶対なのだ。この男にとっては。

「親バカかもしれないが、一生さんのことを頼むと。一生さんのことを心配されていたんですよ」

それでもそんなふうに言われると、胸が熱くなる。

父は死ぬ間際、それぞれに必要な言葉を残したのだろう。

蜂栖賀には何を伝えたのか、ふと、そんなことが気になった。

愛した男に、最後にどんな言葉をやったのか。

ぼんやりとそんなことを考えていた一生に、秀島が静かに続けた。

「腹をくくってくれ、と言われたんですよ。それがどういう意味だったのか…、正直、俺としてはまだ受け止め切れていないんですが」

わずかに眉間に皺をよせて言った秀島に、一生は首をかしげた。

「そのまんまの意味だろう？　おまえに組を任せるってことじゃないのか」

難しく考える必要はないと思う。オヤジも、初めから秀島を跡目に考えていたということとだ。

「自分は…、そうは思いません」

しかし頑《かたく》なな口調で、秀島が言った。

では、どういう意味なのか。どういう意味だと、秀島が思っているのか。

秀島の言いたいことがわからなかった。

だがいずれにしても、組のことを考えるなら、自分より秀島が継いだ方が堅実なのは確かだった。

そして、よりそれを確かなものにするためには。

「秀島。組長として、俺からも最後の命令だ。聞いてくれるか？」

「はい」

静かに口にした一生に、わずかに居住まいを正し、男がまっすぐに視線を上げる。

その顔をじっと見て、一生は淡々と言った。

「恵と結婚して、組を継いでくれ」

瞬間、秀島の表情が凍りついた。

大きく目を見張って一生を凝視したまま、しばらくは声も出ないようだった。

「なぜ……」

ようやくかすれた声が空気を震わせる。そして、いきなり迸るように叫んだ。

「自分の言っている意味がおわかりですか…！」

ソファから立ち上がり、大股で一生の前に立って見下ろしてくる。

驚愕というのか、怒りというのか、初めて見る秀島の表情だった。

初めて聞いた、秀島の感情的な声――。

「あなたが勝手に決めていいことではないでしょう！」

「恵はいいと言った」

いらだつようにたたきつけられた言葉に、一生はそれでも冷静に返す。

恵とは、昨日、話していた。

秀島にあとを任せたいから、秀島と結婚してくれないか、と、直球で頼んだ一生に、恵はしばらく考えてから、意外とあっさりうなずいたのだ。

『いいわよ。あなたが家長なのだから、あなたがそう決めたのならね』

――と。

さすがにヤクザの娘に産まれただけあって、組にとって何が一番いいのかわかっている、ということだろう。

どう考えても、それが一番きれいな形だった。

「お嬢さんが…？」

意外そうに、秀島が絶句する。

「まあ、確かに、恵は昔、真砂の女だったわけだしな。おまえがためらう気持ちはわかるが」

プライドもあるだろうから、そのあたりは少し、申し訳なく思う。

真砂は高校時代、生意気にもいくつか年上だった恵とつきあっていたのだ。ヤクザの娘と知った上で。その流れで鳴神組へ来た。

「とはいえ、もう十年以上も前の話だし、恵も一度、出もどってきてるわけだしな。おまえに押しつけるようですまないが」

「そういう問題ではありません！」

あえてさらりと軽く言った一生に、秀島が声を荒らげる。

「俺は、やりとりされるモノではありませんよ」

そして一生をにらみつけたまま押し殺した声で言うと、伸びてきた両手が一生の顔をつかむようにして押さえこんだ。

そのまま一生の前で膝をつき、息が触れるほど間近で、まっすぐに目をのぞきこんでくる。

「本気で言っているんですか？」

ささやくような声が尋ねた。

「あなたは…、本当にそれでいいんですか？」

「あ……」

瞬きもせずにまっすぐに、にらむようにして重ねて聞かれ、胸が何かつまったように息苦しくなる。

いいはずはない。

だが、今のままではもっとダメだった。

「秀島…、おまえ……」

一生はうめくように言葉を押し出す。

秀島が何を言いたいのかわからなかった。何を、言わせたいのか。

「それであなたはこの身体を……、また誰か他の男にくれてやるつもりですか？」

男の吐息が頬にあたり、頬がこすりつけられ――次の瞬間、一生の身体は男の重みをまともに受けて、ベッドへ押し倒された。

「な…、秀島…？　――秀島…っ！」

「俺では、あなたをつなぎ止められないということですか…？」

あせった一生にかまわず、縛るようにきつく手首がつかまれ、シーツに張りつけられて、頭上からそんな声が落ちてくる。

「離せ…っ！」

とっさにもがいて声を上げたが、男の力は少しも緩められなかった。

「秀島……？」

一生は呆然と男を見上げる。

この男が自分の命令を聞かなかったのは、初めてだったかもしれない。

まっすぐに一生を見下ろしたまま、秀島が冷たい口調で言った。

「あんなに悦んで俺の指をくわえてたのに？」

言いながら、男の手がシャツ越しに脇腹を這い、腰の方へと伝ってくる。

「ベッドの中で、あんなにきつく俺のペニスを締めつけて離さなかったのにですか？」

あからさまにあげつらわれ、カッ、と頬が熱くなった。

「黙れっ！」

「あなたが俺のモノだと思ったのは……、自惚《うぬぼ》れでしたか？」

かすれた声で言われたそんな言葉にたまらず、振り絞るように、一生は叫んだ。

「どうして…っ！」

どうして、こんな時になって、そんな思わせぶりなことを言われなければいけないのかわからなかった。

「おまえだって困るだろうがっ！　俺がずっとおまえを思ってるままじゃ、おまえだっていつまでも縛られてるままだろうがっ！」

「一生さん…？」

泣きそうになりながらがむしゃらにわめいた一生に、秀島がわずかに息を呑んだ。

「おまえからじゃ…、俺を突き放せないんだろうが…っ！」

涙で、どうしようもなく声が震えてくる。

「一生さん…！」

いきなり身体が引き起こされ、膝の上に抱き上げられると、ものすごい力で全身が抱きしめられた。

「あ……」

状況がわからず、意味もわからず、それでもがっしりとした男の腕の中で、一生は無意識に腕を伸ばし、男の背中にしがみつく。

と、顎がつかまれ、引きよせるように持ち上げられて、唇がふさがれた。

「な…、——ん…っ」

反射的に伸びた手が指に絡められ、さらに唇を割って熱い舌が無遠慮に口の中へ入りこんでくる。

「んん…っ、……ふ…ぁ…」

息苦しいほどに深く、長く奪われ、さらに何度も味わわれてから、ようやく解放され、一生は男の胸に倒れこむようにして息をついた。

大きな手が、髪をつかむようにしてきつく撫でる。

「俺は…、あなたに縛られたままでいいんですよ」

耳元で、低い声がささやいた。

ゾクリ…、と肌が震える。

「あなたに縛りつけてくれませんか？」

無意識に指が男のシャツを握りしめる。

「そんなこと言ったら…、おまえ……」

その言葉に甘えてしまう。

「おまえを…、好きなままでいていいのか…？　俺の気がすむまで」

そんなワガママが口をつく。

じっと一生を見下ろした眼差しが、ようやく優しく微笑んだ。

はい、と秀島が静かに答える。手のひらがこするように一生の頬を撫で、指先が涙を拭ってくれる。

「俺の命よりもあなたが大切ですよ、一生さん」

親指で唇をなぞるようにして、男が言った。

うれしく、くすぐったい言葉。

だが一生は、ちょっと笑った。

「オヤジもそうだったんだろ？」

思わず口にしてから、まるで拗ねているみたいで恥ずかしくなる。

それに秀島が喉で笑い、一生の手をとって唇に押し当てた。

「違いますすね。オヤジさんには欲情しませんから」

さらりと言うと、男の指が喉元へかかり、ゆっくりとシャツのボタンを外していく。

――欲情、しているのか…？　この身体に？

ドクッ…、と身体の中で何かが大きくうねり、全身が熱くなるのがわかる。

そのまま前がはだけられ、さらにデニムのボタンが外されて、下着ごといくぶん強引に引き剥がされる。

「浴衣じゃないと脱がしにくいですね…」

新しい発見のようにつぶやかれて、恥ずかしさに顔が赤らむ。

一生の身体をシーツへ横たえ、秀島がベッド脇で自分の服を脱いでいった。

シュッ、と黒いネクタイを外す音。上を脱ぎ、バサッと無造作に放り出す音。ベルトの金具が当たる音がかすかに耳に届き、シャツも脱ぎすてて男がベッドへ上がってきたのがわかる。

上半身だけ裸で、しっかりとした筋肉にいくつもの傷跡が残っているのがわかった。

父との歴史なのだろう。

それが少し、悔しい。

「明かり、消してくれ……」

だが同時に、この腕に抱かれてよがる自分の姿が脳裏によみがえり、恥ずかしさにいたたまれなくなる。

今まで、必ず明かりは消してもらっていた。明るいままで、顔を見ながらなど、とてもできなかった。

シーツに顔を隠すようにして一生は頼んだが、いつになく秀島が返してきた。

「今日はつけたままではいけませんか？　一生さんのアノ時の顔をちゃんと見たいのですが」

「な…っ」

あからさまに言われて、どうしようもなく動揺してしまう。

そんな一生を微笑んで見下ろしてくる男の余裕ぶりが腹立たしい。

——クソッ…！　オヤジが…っ。

思わず内心でわめいた。

十六も違うのだ。一生も経験が少ないわけではないと思うが、やはりこの男とは比べものにならないのだろう。

今まで一生の相手をしてくれていた時は、従順に一生の望みを聞いてくれていたように思うが…、ヒツジの皮を被っていたということだろうか？

……どう見ても、あからさまに肉食獣だったけれど。

男の手が喉元から胸へと、確かめるように撫で下ろしてくる。じっと、いつになく見つめられる視線に肌があぶられるようだった。

いつもは暗闇の中だったから、どんな恥ずかしい顔をしていようと、夢中で乱れることができたのに。

「一生さんの可愛らしいところがもう尖ってますよ？　まだ何もしてないはずですが」

「つっ…ぁ…っ！」

意地悪く言いながら、男の指にきつく乳首が摘まみ上げられ、一生は高い悲鳴を上げてしまう。

「ああ…、こちらもですね」

気づいたようにもう片方が唇についばまれ、そのまま舌先でねっとりとなぶられた。

「あっ…あ…っ、……あぁっ、ん…っ…ぁ…っ」

たっぷりと唾液を絡められ、舌で転がすように遊ばれて、ゾクゾクと身体の内に湧き起こってくる疼きにこらえきれず、一生は大きく胸を反らせてしまう。無意識に片手が男の髪をつかむ。

いったん唇を離して、唾液に濡れた乳首を指の愛撫に譲り渡し、今度はもう片方が舌でなめ上げられた。

「く…ぅ…っ…、は…ぁ…、あぁっ！」

濡れた過敏になった乳首が硬い指で執拗に押し潰され、こねまわされて、一生はなんとかその甘い攻めから逃れようと、恥ずかしく身体をくねらせてしまう。

胸への刺激だけで下肢に痺れるような熱がたまってくるのがわかり、無意識に両膝をこすり合わせるようにする。

「こちらが苦しいですか？」

それに気づいたように、男の手がシャツの裾を払って脇腹をすべり、内腿へと指を伸ばしてきた。

「アァ…ッ」

仕上げのようにカリッと乳首が甘噛みされ、それだけで軽くイッてしまいそうになる。

とくっ…、と早くも先端から蜜を溢れさせ、恥ずかしく形を変えた中心が、男の手の中に握りこまれた。

「ああ…、こちらも可愛いですね」

つぶやくように言いながら、男の手がいったん離れたかと思うと、いきなり一生の膝を折り曲げるようにして無造作に開いた。

「よせ…っ」

男の目に恥ずかしく反応している部分がさらけ出され、たまらず一生は両腕で自分の顔を覆う。かまわず男は一生の屹立《きつりつ》したモノに指を這わせ、その形を確かめるように優しく撫で上げた。

「失礼…、カワイイという語弊がありますね。愛しいですよ。一生さんのどこもかしこもが」

素面《しらふ》で言われるそんな言葉に、カッと耳まで熱くなる。

「自分のモノにしていいはずはないと思っていましたから」

つぶやくようなそんな言葉が耳をかすめ、ふいに内腿に鋭い痛みが走る。

「つっ…！」

思わずビクッ…と腰が震え、声が出た。

やわらかな部分がきつく吸い上げられ、間違いなく、内腿には痕が残っているだろう。所有の印のように。

「オヤジさんには、気持ちを見透かされていたような気がしましたよ。あなたに命じられたからだと言い訳しながらあなたを抱いて…、でもどれだけあなたが欲しかったか……、あの時、思い知らされましたからね」

そんな言葉が、しかし半分ばかり一生の耳には届いていなかった。

与えられたその痛みも快感に変えたのか、先端からとろり…、と恥ずかしく蜜が滴り落ちてしまう。

それを男が指先で絡めとり、さらにいやらしく溢れさせる先端の穴が指の腹でもむようになぞられる。

「――ひぁっ…！　あぁっ、あぁっ……ふ…ぁっ…っ」

敏感な場所を突き崩されるような刺激にたまらず腰が揺れ、淫らに振り立ててしまう。次々とこぼれる蜜をこすりつけるようにして、男の指が一生のモノをしごき立てた。

一生はどうしようもなく、両手でシーツをつかんだまま、さらに恥ずかしく腰を揺すり上げる。

そんな痴態を見つめながら、男の指が根元の球をもみしだき、さらに奥へとすべりこんできた。その道筋をきつくこすり上げ、探るように指先が襞をなぞる。くすぐるみたいに小刻みに動かし、軽く突き入れながら埋めてくる。

「んっ…、ぁ…っ」

わずかに腰が浮き、淫らな襞がいっせいに男の指に絡みついてしまう。

「もうやわらかいですね…。ここひと月ほどはしていなかったはずですが、自分でいじってましたか？　それとも、期待だけでコレなんですか？」

「うるさい…っ」

淡々と聞かれ、一生は真っ赤な顔でわめいた。

喉で笑い、男がいったん指を離した。そして丸出しにされた一生の腰を、自分の膝の上にのせるようにして引きよせる。

「よせ…っ、やめろ…！　――あぁぁ……っ」

間近に濡れそぼっていやらしくヒクつく場所が見つめられ、いたたまれず一生は唇を噛む。

身体を折り畳むようにして大きく足が広げられ、もの欲しげに震えるそこが温かく濡れたものになめ上げられた。

「ふ…っ、んっ…ぁ…っ、あ…っ、あっ、あっ……あぁ…っん」

舌がやわらかく当たるたび、硬く尖らせた先がつっつくようにして軽くえぐるたび、一生の腰がはしたなく跳ね上がる。

しかしそれが力ずくで押さえこまれ、舌と唇で貪るように愛撫されて、あまりの恥ずかしさと快感に、涙が溢れ出す。

いやらしく濡れた音が絶え間なく耳につき、さらに羞恥がかき立てられた。

たっぷりと唾液で溶かされ、再び二本の指で襞がかきまわされて、待ちわびていたようにくわえこんでしまう。

ゆっくりと沈められ、抵抗もなく一生の腰はその指を呑みこんだ。

「あぁ…、熱いですね」

つぶやくように言い、秀島が馴らすように何度も抜き差しする。さらに指を折り曲げて中をかきまわす。

しかしわかっているはずの、イイところはあえて外すようにしてかすめるだけで、一生はどうしようもなくねだるように腰をまわしていた。それに合わせて、ほったらかしにされた前が恥ずかしく揺れ、ポタポタと蜜をまき散らす。

「秀…島……っ」

たまらず涙目でうめき、無意識に伸びた手が男の腕を引っかく。

「一度、出しますか？」

かすかに笑い、秀島がその手で一生の前をあやすようにして愛撫する。

そして身を屈め、先端からしゃぶるようにして口にくわえた。

「あぁぁ……っ」

甘く湧き上がる快感に、一生の腰が跳ねる。

口の中で巧みにしごかれ、くびれや先端が丹念に舌でなぞられて、先端がきつく吸い上げられる。そのまま、後ろに入れていた指に感じるポイントを立て続けにこすり上げられて、こらえきれずに一生は男の口の中で達していた。

放心してぐったりと沈んだ身体から、ようやく男が身を起こした。

濡れた口元を拭い、手のひらで汗ばんだ一生の頬から額を撫で上げてくれる。

そして再び身を伏せると、片方の手で足を愛撫しながら、もう片方の足の先からゆっくりとついばむようにキスが落とされた。

息を整えながら、優しいその感触にまどろむ。

そして膝立ちになって腰が引きよせられ、溶けきった後ろに熱いモノが押し当てられる気配にハッとした。

「いいですか？」

それが何か、わからないはずもない。

熱っぽい眼差しで聞かれ、一生がうなずくと、硬く張りを持って、太いモノが一気に中を侵食してくる。

激しくこすり上げられる感触に身体が伸び上がり、しかしそれを引きもどすようにして、さらに突き上げられる。

「ひ…あ…っ、あぁぁぁぁ……っ」

膝がつかまれ、何度も打ちつけられた。

「あっ…んっ、――あぁっ、ああっ、あ…ふ…っ…」

激しく揺さぶられ、頭の芯がぼうっとしてくる。身体の奥から引きずり出されるような熱い快感に、身体がうねり、あっという間にイッたばかりの前が頭をもたげてしまう。

いつにない激しさだった。

今まで秀島は一生のペースに合わせるように、いつも優しく抱いていてくれていたから。

自分の身体の中で暴れまわるモノに、中から食い破られそうな気がした。だがその恐怖が快感だった。

「一生さん……っ」

熱く、かすれた声で名前を呼んでくれる。

全部、食いちぎってほしかった。この男が求めてくれるのなら。

「あ……、いいっ……いい……っ」

恥ずかしく口走りながら、一生は無意識に自分のモノを慰める。

長くはもたず、大きく身体をのけぞらせて、一生は再び達してしまった。

しかし中に入ったままの男はまだ硬くて。

荒い息をつき、秀島がそれを引き抜こうとする。

「ダメだ…っ、抜くな…っ。中に出せ……っ」

とっさにその腕をつかんで、一生は声を上げた。

「中出しされるのがお好きですか?」

わずかに目をすがめ、淡々と聞いてくる、その余裕が憎たらしい。それはもちろん、年が違うのだから当然かもしれないが。

「おまえだからだろっ」

恥ずかしく、頬が熱くなるのを覚えながら、一生はわめいた。

それに男がかすかに笑う。

「そんなことを言われると…、我慢がきかなくなりますよ」

かすれた声で口にすると、一生の腰を抱え直し、軽くグラインドさせてから、激しく突き上げてきた。

頭の芯が溶ける。体中が溶け落ちてしまう。

あっという間に絶頂へ追い上げられ、きつく締めつけた次の瞬間、身体の中へ熱く迸るモノを感じる。

「あ……」

中が濡らされていく感触がうれしかった。ヒクヒクと痙攣する身体が、なだめるように優しく撫でられる。

長く、たっぷりと出されると、いったん引き抜いて、男の手がいくぶん荒々しく一生の身体をひっくり返した。

汗で張りついていたシャツが脱がされ、背中に散った髪が指先でかき分けられた。貪るようなきついキスがうなじから背筋に沿って与えられる。

「ああ、背中もきれいですね……」

つぶやくように言って、肩甲骨のあたりが包むように撫でられ、そのまま脇腹までなぞられる。

「んん……っ、あっ…ん…っ」

その感触に、一生は身体をしならせた。

前にまわってきた指に両方の乳首がいじられ、ビクッビクッと胸を反らしながら小さくあえいでしまう。

そのまま撫で下ろした手に腰が引かれ、膝が立たされた。

男に腰を突き出すような卑猥《ひわい》な格好で、さっきまで男が入っていた部分が指でいじられる。まだ熱を孕《はら》み、敏感な部分がその刺激にヒクヒクと震えてしまう。

それがいかにもの欲しげで恥ずかしい。

「は…ぁ…っ」

もう何度出したかわからないのに、すでにピクッと前が反応した。

やわらかく溶けきった場所が指で無造作に広げられ、たっぷりと中に出されていたものが腿に伝って溢れ出す。

「困ったな…、収まりがつきませんよ」

低くつぶやいた声が聞こえたかと思うと、両手で腰がつかまれ、その場所に硬い男をあてがわれて、一気に貫かれた。

「――あぁぁ……っ！」

快感に頭の芯が痺れた。夢中でシーツを引きつかみ、腰を、男を締めつける。

その抵抗を楽しむように何度も打ちつけられ、男の荒い息遣いに自分の鼓動が重なるようだった。

いったん動きを止めた男の手が、確かめるように一生のやわらかな内腿を撫で上げ、たどるように中心を手の中に収める。

すでにいやらしく反応を見せていたモノが、愛しげにこすり上げられ、濡れそぼった先端が湿った音を立てる。

「あぁっ、あぁっ…んっ、はぁ…っ」

溢れさせた蜜が男の指に絡み、しかしかまわず爪で先端がいじられて、たまらず一生は腰を振り乱した。

「ああ…、すごい締めつけですよ……」

かすれたつぶやきが背中に落ち、恥ずかしくて泣きそうになる。

男の腕が一生の腰を抱え直し、さらに激しく揺さぶられた。

「も…もう、イク…っ、イク……っ」

硬いモノがひどく感じる部分をこすり上げ、突き崩してくる。頭の芯が焼けつくような熱に浮かされる。

口走った次の瞬間、一生は達してしまい、わずかに遅れて中へ出されたのがわかる。

「あ……」

ビクビク…と身体が痙攣する。

しかし余韻にまどろむ身体がいきなり引きよせられ、一生は男の膝の上に背中からすわらされていた。

大きく足は広げられ、男の腰をまたぐようにして。

そして、中にはまだ硬い男が入ったままだった。

ぐったりした身体を男の胸に預け、しばらく呼吸を整えていた一生だったが、ようやくその恥ずかしい格好に気づき、とっさに片手で自分の中心を隠すようにする。

しっとりと汗ばんだ男の両腕が、脇の下から前にまわりこんで一生の身体を抱きしめてくる。

「すごいですね…。こんなに搾《しぼ》りとられたのは初めてですよ」

肩に顎をのせるようにして、耳元で男が低く笑った。

言いながら、イタズラするように男の手が一生の胸を這い、手慰みのように両方の乳首がいじられる。

「ん…っ、やめ……っ」

必死に一生はこらえようとするが、そんなあがきを楽しむように、男の指は摘まんだり、転がしたり、押し潰したりと手法を変えて攻め立ててくる。

相手にならなかった。無意識に腰に力がこもり、入ったままの男の大きさや硬さを身体で確認してしまう。

「どうしました？　まだ足りませんか？」

そんな反応に、ずうずうしく耳元で秀島がつぶやいた。

言いながら脇腹をたどった手のひらが一生の足のつけ根を丹念に撫で、内腿へとすべりこんでくる。

必死に一生が中心を隠す横で、両方の内腿がやわらかく撫でられる。

「あ……」

優しいだけのその愛撫にだんだんとこらえきれなくなり、一生は小さくあえいで身体をのけぞらせた。

「俺に触ってほしいのなら、あなたのその可愛らしいところを見せてくれませんか？」

耳元で優しげに、意地悪くささやく。

カッ…と頬が熱くなった。反射的に首を振ったが、男は小さく笑っただけだった。

うなじに、肩に、キスが落とされ、一生の手に重ねるように男が手を伸ばしてきた。

「あっ…、あぁっ、……や…ぁっ」

一生の手越しにもむように力が加えられ、男の手に操られるように一生は自分のモノを慰めてしまう。時折、隙間から当たる男の指の感触に腰が震える。

それがもどかしくて。思いきり、男の手でこすり上げてほしかった。身体がその感覚を覚えているだけに、我慢できない。

「まだ俺にさせてくれないつもりですか？」

楽しげに言われ、歯を食いしばったまま、どうしようもなく一生は手を離した。

ありがとうございます、と丁寧に礼を言われて、さらに羞恥が募る。

待っていたように早くも反り返した前が飛び出し、男の手がすでに濡れそぼったモノをするりと撫で上げた。

「あっ、あっ、あぁっ……ふ…っ…あ…っ」

追い立てるようにしごき上げられ、湿った音が耳をつく。

たまらず一生の腰が小刻みに揺れ始め、それにつれ、中の男が硬く大きく、圧迫してくる気がする。

「たまらないですね…」

かすれた声でつぶやくと、男がいきなり一生の両膝を抱え上げた。わずかに腰が持ち上げられ、下から突き上げられる。

「ふ…ぁ…、あぁっ、あぁぁ……っ！」

中に出されていたものがかき混ぜられ、いやらしく濡れた音を立てながら、一生は揺さぶられるままに極めてしまう。

低いうめき声とともにさらに中へ出され、しかし抜かないままに、男は一生の身体をシーツへ横たえた。

大きく息を吐き、背中からたくましい腕が一生の身体を包みこむ。

もう体力の限界だった。すり切れて、溶け落ちて、自分の身体がどこまで残っているのかわからないくらいだ。

「もう…、無理だ……」

ぐったりと口にした一生に、男が耳元でうそぶく。

「どうしました？　あなたの方が若いんですよ」

言いながら、男の手がイッたばかりの前に手を伸ばしてくる。

濡れた前がこすられ、軽く腰を揺すられて、身体をのけぞらせながら、さすがに一生は涙目でうめいた。

「おまえ…、激しすぎだ…っ」

しかしかまわず男の指は尖りきった乳首をひねり上げ、首筋や肩を噛むように歯を当てて、さらにそのあとをやわらかく舌先でなぞってくる。

「あ……」

その感触にゾクリ…と肌が震えた。

「ええ。それで女が何人か逃げていきましたからね」

低く笑うような男の声が耳に落ちる。

そんな言葉に、ドクン…と心臓が音を立てた。

何か大変なものを目覚めさせたような恐れに、心が震える。

「生涯、離しませんよ」

全身に鳥肌が立つ。

食い尽くされる――。

だがそれがどれだけ幸せなことか、一生にはわかっていた。


翌朝、さすがに起きられずに一生が眠っている間、秀島は恵にあやまりに行ったようだった。

なにしろ、自分があずかり知らぬところで話がまとめられていたとはいえ、秀島が「お嬢さん」をふった形になったわけだから。

――しかし。

「バカ」

と、一言であしらわれて帰ってきたらしい。

「なめてんの？　弟の男をとるほど日照っちゃいないわよ。まったく、クズグズグスグズアンタらがさっさと腹を決めないから面倒な問題が出てくるのよ！」

ぴしゃりと言われて、さすがに体裁の悪い顔で帰ってきた秀島からそれを聞き、一生も思わずため息をついた。

「やっぱり恵が一番、組長に向いてると思うけどな」

つい、そんな本心がこぼれ落ちる。

一生しても、今の段階で組長を辞める理由はなくなっていたのだが。

「俺がついていますよ」

「ああ」

それでも静かに言われ、一生は小さくうなずく。

父の残してくれたものは、揺るぎなく強い、守り刀だった——。

end.

あとがき

こんにちは。個人的に極道イヤーな今年、4冊目のヤクザものになります。なおかつ、今まで書いた中で一番まともに業界的な気が。こちらは「BB」のスピンオフという感じでしょうか。若き組長、一生さんのお話です。年の差の主従ですね。考えてみれば、主従モノもあまり書いたことがない気がするのですが、今年は2作目かな。

今回は「BB」のお話からは少しばかり過去編になります。1冊目にちょうど接続する形ですね。アラフォーな若頭、秀島さんはとても渋くてストイックで寡黙なイメージで書いていたのですが、なんかラストのあたりは案外、激甘というか、むっつりというか……ハッ、私的にはデフォですね。そうでした…。そしてちょっとばかり受難の回です。基本的に攻めはカッコよくなければ攻めではない！　という信条ではありますが、時々「また受けをひどいめにっ」という抗議の声をいただきますので、バランスをとるために（？）たまに攻めをひどい目にあわせております（笑）うん。受けが攻めを助けに行く話も二度目かな。強い攻めはマストですが、強い受けもまたスタンダードな感じです。

そして今回、業界のお話だったせいか、ゲスト出演がいっぱいでした。某組長さんたちや某若頭がちらっと顔を見せております。何というか、同じ業界で同じような役職やシステムをその都度新しく考えるのは、自分が混乱するのと、あちこちで書いていくたびに設定が深くなるので、それはそれでいいかな、と（言い訳）。あ、それと今回もカバー下にＳＳがついているはず。１冊目は極道フェアで、２冊目はバディフェアにたまたま当たったからなのですが、今回は特に何もなく（笑）真砂たちのお話を入れられなかったので、何とかここに押しこんでみました。この二人も相変わらずじゃないかと思います。

遅くなりましたが、引き続きイラストをいただきました周防佑未《すおうゆうみ》さんには本当に、本当にありがとうございました。もう、渋かっこいい秀島さんに心が鷲掴みです！　凛としつつ色気のある一生さんや、甘さとシャープさが絶妙に交わった色っぽい表紙にもドキドキです。本当に楽しみにしております。編集さんにも相変わらず、いろいろとお手数をおかけしておりまして申し訳ありません。追いつけないままに年が終わりそうですが、じわじわと追いつきたいと…っ。（私は攻めの尻も好きですよ！）

そしてこちらの本におつきあいいただきました皆様にも、本当にありがとうございます。年の差、主従、ヤクザとどれかで引っかかって、いっときお楽しみいただければ本望です。

それでは、またご縁がありますように――。

11月　そろそろ鍋とおでんが恋しい…。鍋はグレ鍋、おでんは白滝ですよっ。

水壬楓子《みなみふうこ》

一生さんの魅力にクラクラしました。
そして素敵すぎる三人に仕事を忘れて何度も悶え転がりました。
今回も恐れ多くもご一緒させて頂き本当に有難うございました…！
周防拝　11月

ガッシュ文庫

氷刃の雫
（書き下ろし）

水壬楓子先生・周防佑未先生へのご感想・ファンレターは
〒102-8405 東京都千代田区一番町29-6
（株）海王社 ガッシュ文庫編集部気付でお送り下さい。

氷刃《ひょうじん》の雫《しずく》

2014年12月10日初版第一刷発行

著　者　水壬楓子 [みなみ ふうこ]
発行人　角谷 治
発行所　株式会社 海王社
〒102-8405 東京都千代田区一番町29-6
TEL.03(3222)5119(編集部)
TEL.03(3222)3744(出版営業部)
www.kaiohsha.com
印　刷　図書印刷株式会社

ISBN978-4-7964-0647-5

KAIOHSHA　ガッシュ文庫

周防佑未
水王楓子
Fuuko Minami
B.B.
baddie buddy
バディ バディ
裏切ったら――殺していい。
鳴神組の双璧と呼ばれる、武闘派の真砂と頭脳派の千郷。真砂は冗談か本気か、折に触れ千郷を口説いてくる。だが、千郷が身も心も許すのは、八年前、財務省を追われ自暴自棄になっていたところを拾ってくれた先代ただ一人。先代亡き今、組から抜けようと決めていたが…!?
武闘派×頭脳派――極道の男達のプライド勝負。